水原秋櫻子の一〇〇句を読む

俳句と生涯

橋本榮治

飯塚書店

→昭和三十年頃。西荻窪の自宅玄関前にて。

←大正十三年、東大医局野球部の仲間とともに。真ん中の列、左から二人目が秋櫻子。

←昭和十五年。昭和医専にて。

→昭和三年の家族写真。秋櫻子の前に立つ子の右側は千枝子（長女）、左側は春郎（長男・「馬醉木」前主宰）、しづ夫人の右横は富士郎（次男）。

→昭和二十六年十一月。八王子の家の庭石のところで、孫の千鶴子（徳田千鶴子・「馬醉木」現主宰）と。この写真は石田波郷氏撮影。

→昭和三十七年〜三十八年頃。石田波郷氏と。
昭和四十年。浄瑠璃寺にて馬酔木の鍬入れ。↘
昭和三十二年。立山にて。↓

水原秋櫻子の一〇〇句を読む

目次

水原秋櫻子の一〇〇句を読む

春愁のかぎりを躑躅燃えにけり

『葛飾』

水原秋櫻子（本名 豊）の父の漸《すすむ》は和歌山県の生まれで、村の小学校の代用教員をしていたが、医師を志して上京した。医師の免状を取ると元旗本の大谷木家の娘の治子と結婚し、産婦人科医の水原実と縁組をした。

明治二十五年、東京の神田猿楽町に生まれた秋櫻子は東京高等師範学校の附属小学校、独逸学協会学校の中学、第一高等学校、東京帝国大学の医学部と進み、大正八年に東京文理科大学教授吉田彌平の娘しづと結婚する。

結婚の翌月、先輩のすすめにより作句を始める。掲句はその翌年の大正九年作であるが、『葛飾』では春の章の最後尾に置かれている。春は明るく、心がわき立つ反面、もの憂さを感じる季節でもある。色鮮やかな躑躅を眼に入れながら、気を奮い立たせるわけでもなく、アンニュイが漂う。アンニュイとは生活への興味を失ったことからくる精神的な倦怠感を言うが、常識に対する反抗的気分も含まれる。

秋櫻子は事に当たると徹底的にそれを思い詰める性質で、途中で身を転ずるのがうまくいかない性格とみずからを評している。春愁はそのような性格に起因するのであろうか。掲句は若き秋櫻子の心の一面をよく伝えているのではなかろうか。

「春愁」は今井柏浦の『新校俳諧歳時記』に現れ、明治以後に急速に普及した、いわば近代人の季語である。明治生まれの知識人のアンニュイを表現するに最も相応しい季語だったのだろう。その後の春恨、春怨、春意など春の情緒を表す季語の先鞭をなした。

掲句は田園か、そうでなければ都会の神社や庭園などの奥行きのある景であろう。「かぎりを」は空間を示したものではないが、わずかな躑躅や狭い所にある躑躅では内容と合わない。

この季語は秋櫻子には使いづらかったのか、

春 愁 の 黒 髪 丈 に あ ま り け り　　『餘 生』

という晩年の句と掲句のほかは二句あるのみである。

やゝありて汽艇の波や蘆の角

『葛飾』

大正十一年三月号の「ホトトギス」に載る。汽艇とは蒸気機関で走る小型の船のことで、英語のランチに当たる。また、蘆の角は稲科の多年草に属する植物で、湖沼や川の岸に群生する蘆の芽を言い、句に難解さは微塵もない。すっきりと一読で心に入る句を秋櫻子は好み、みずからもそれを心がけた。

掲句が句集の「葛飾の春」に収まっているところをみると、寅さんで有名な柴又帝釈天近く、江戸川辺りで想を得た作だろう。目の前を汽艇が通り過ぎてからややあって、細波が蘆の芽を揺らしている、長閑さを象徴するような場面を切り取った。季語とともに、表現から醸し出された情緒が春を告げている。

帝釈天を拝し、有名な川魚の店の前を過ぎて矢切の渡しへ歩くと、子供らの声が朗らかに遊ぶ江戸川の河原に、

葛飾や桃の籬も水田べり

の句碑が建っている。この句は掲句と同じ「葛飾の春」に収まる。「桃の籬も水田べり」の景は今では想像するのみだが、川の縁に寄ると現在でも掲句の景に出会える。

蛇籠あみ紫雲英に竹をうちかへし　『葛飾』

紫雲英は蓮華草のことで、かつては緑肥として田に栽培され、耕す前の田の面いっぱいに揺れている景を至る所で見かけたものだ。掲句では近くに田があり、そこから紫雲英が広がったのだろうか、紫雲英の紅紫と蛇籠竹の青の色彩の対照が鮮明で、春の色彩感豊かな内容だ。春の植物では三大花木の梅、桜、椿を除くと、木瓜、藤、馬酔木についで紫雲英を比較的多く秋櫻子は詠んでおり、好みの花のひとつだったに違いない。

紫雲英咲く小田辺に門は立てりけり　『葛飾』

細長い円筒形に編んだ竹や鉄線の中に砕石や玉石を詰めて蛇籠は作られる。もっぱら護岸や水流調整など水を制するために用い、水流の早いところや堤防が崩れ易いところに置

かれる。句集では掲句の前に、

畦焼に多摩の横山暮れ去んぬ

があるので、蛇籠を編んでいるのは田植を前に、まだ時間的余裕がある農夫だろうか。川の氾濫は困りものだが、両岸に田畑が多いのは、その氾濫が肥沃な土をもたらしたためだ。この句のある「多摩川の春」には、

柳鮠蛇籠になづみはじめけり
鳴きのぼる雲雀の影や蛇籠あみ
とぶ鮒を紫雲英の中に押へけり

と外光の明るさを感じさせる蛇籠や紫雲英の句が並ぶが、中でも色彩感鮮明な掲句はいかにも秋櫻子らしい。また、右の三句は掲句と併せて句集の一ヵ所に纏められてはいるが、第一句は昭和五年二月号、第二句は大正十四年六月号、第三句は大正十三年五月号の「ホトトギス」に発表されており、同刻同一の場所とは限らない。

濯ぎ場に紫陽花うつり十二橋　『葛飾』

この句には次のような逸話が残る。

句が発表された後、東大俳句会で潮来に吟行する機会があり、その帰途に十二橋には紫陽花がなかったではないかという話が持ち上がり、十二橋の紫陽花は秋櫻子が頭の中で咲かせた花ということになってしまった。それが何のわだかまりもない東大俳句会の中のみでのことならばよかったが、外に知れ、秋櫻子は空想の花を咲かせた、あげくには常に現在なきものを詠む傾向がある、と事実を調べもせずに発言する者も出てきた。結局、十二橋に紫陽花は確かにある、いや見かけなかった、と真偽はいずれともつかずに終わった。

紫陽花が空想の花であったならば批判者はこの句を否定しようとでもしたのだろうか、花の存否を問題にするなど秋櫻子には何ともつまらない、瑣末的な、現実主義と呼ぶにもおかしな態度だった。当時の東大俳句会には素十のような純粋写生派と、秋櫻子のように時には空想を生かそうとする構成派があった。秋櫻子は素朴な現実主義とは相容れない立場にいた俳人であり、草の芽俳句と呼ばれた作品とは反りの合わない詩心を秘めていた。

作句から二十数年後、秋櫻子は渋沢渋亭、三溝沙美二、軽部烏頭子と十二橋を吟行した。もちろん、紫陽花の真偽を確かめたいこともあった。第一、第二の橋には紫陽花はなかった。第三の橋に来ると額紫陽花が咲いていた。念のため、大きな花の紫陽花はないかと近くの子供に尋ねると、向こうの橋の所にあると、その紫陽花を取って来てくれたという。

夕東風や海の船ゐる隅田川

『葛飾』

「ホトトギス」大正十四年三月号所載。

隅田川は大川とも言い、東京東部を流れて東京湾に注ぐ。正確には墨田区の鐘ヶ淵から河口までを指す。その河口近くには勝鬨橋、佃大橋、中央大橋、永代橋、清洲橋、新大橋、両国橋、蔵前橋、厩橋ほか形がすべて異なる多くの橋が架かる。掲句は中央区新川と江東区永代の間に架かる永代橋付近の景を詠む。現在の永代橋は昭和元年に架設されたもので、掲句の頃は旧い橋が架かっていた。その片岸の橋袂には霊岸島があり、当時、大島伊豆航路の定期船の発着所があった。川端康成の『伊豆の踊子』（大正十五年作）の最終場面、主人公が東京に帰る朝の印象的なエピソードが思い出される。身寄りのなくなった老婆と孫三人に同行し、霊岸島に着いたら上野の駅へ行く電車に乗せてやってくれと、下田の乗船場で主人公が土方風の男に頼まれるのだ。

掲句が時代的に『伊豆の踊子』と重なるのは興味深い。小説を読み直し、そのあとで掲句を鑑賞すると一層鮮明に景が広がる印象だ。踊子のいる大島に行く船も碇泊していたであろう。海の船とはそういう船を含む。夕べの東風が吹き、その船に満ち潮が寄せている。

利根川に白波立てり東風吹けば　『新　樹』

という句もあり、掲句にも白波が立っていただろう。隅田川は若い頃の秋櫻子の吟行地のひとつで、

定斎売わたりかけたり佃橋　『葛　飾』
春寒や干潟見え来し隅田川　『南　風』

ほかを残している。

夏の夕方に下流から潮がさしてくると、鱸、鯔、鯊などがどんどん上って来る。それを釣ろうと岸釣の竿が並び、見物人が集まる。それらの人を目当てに氷菓売や大福売、食パンを串刺にして蜜をぬった蜜パン売の商いが出る。そのような懐かしい隅田川の景色と、

手賀沼に潰ゆる小田や牛鋤けり　『葛　飾』
田を植ゑて沼は沼としなりにけり　『秋櫻子句集』

の二句目は手賀沼とは言ってないが、手賀沼のような景を念頭に置いて作っている。句集でも、大正十五年「ホトトギス」七月号に発表された時も、掲句の前には、

君が墓来つゝ目守《まも》りぬ蛇苺

の句が置かれている。秋櫻子のふるさとは東京ゆえ、掲句のような景はありえず、ふるさとは「君がふるさと」とも考えられる並べ方である。また、掲句のすこし手前に「帰省六句」（本書では二十、二十一頁に出てくる）と、それに続き、

諏訪湖
桑の実や湖のにほひの真昼時　『葛　飾』

があるが（「ホトトギス」大正十四年七月号所載）、

桑の葉の照るに堪へゆく帰省かな　『葛　飾』
桑の実や湖のにほひの真昼時　〃

ふるさとの沼のにほひや蛇苺　〃

と並べると、「帰省—桑の葉や実—湖沼のにおい」で構成される秋櫻子の心のふるさとが見えてくる。ある種の理想のふるさとを秋櫻子は描いていたことが推測される。

桑の葉の照るに堪へゆく帰省かな　『葛飾』

水原家は神田の三崎町で産婆学校を経営していた。昭和三年十月、震災で焼失後の神田三崎町に自宅及び病院を竣工し、秋櫻子は父の跡を継いで、病院長並びに水原産婆学校校長になった。かつて付近は三菱財閥の所有だった地が多く、病院の北側は日本大学、さらにその前方には水道橋駅、東京医科歯科大学、東側は順天堂中学、西側は水道橋と神保町を結ぶ三崎町通りであった。

茶色の校舎の玄関には「水原産婆学校」と大きく金文字で書かれてあり、一階は寄宿舎と食堂、二階は教室と講堂であった。講堂は産婆教育のみに使われたわけではなく、「馬酔木」俳句会第百回記念大会が開かれたり、毎月の例会場となった。その隣には二階建の病院が建ち、同じ敷地内に秋櫻子の住居と父・漸の住居が並んで建っていた。

　全国から産婆学校に集まってきた生徒は十五歳から七十歳を越えた者までおり、学歴も小学校卒から大学卒までまちまちであった。生徒らは四ヵ月の講習後、受験のための実習を二ヵ月受けた。講習は午前部、午後部、夜間部と一日三回あり、秋櫻子は午後部を担当した。生徒らの服装は全員が和服、中には袴を着けている者もいた。秋櫻子の講義は顔を見なければ、女医かと紛うほど声が優しく、静かだったという。

　神田の猿楽町に生まれて育ち、大学は東京に学び、卒業後も家業に勤しんだ秋櫻子には帰省の経験がない。ところが、東大俳句会で「帰省」の席題が出た。五句ほど作ってみたところ高点に入り、気を良くしてさらに二、三句作った中の一句が掲句であり、『葛飾』には帰省の句が六句載る。

帰省子に夜々の月あり川堤
帰省子に葉がくれ茄子の濃紫
なつかしや帰省の馬車に山の蝶
桑の葉の照るに堪へゆく帰省かな
やうやくに倦みし帰省や青葡萄

である。『葛飾』の夏の章では飯能、大垂水峠、赤城山、木曾、飛驒、諏訪ほかに足を運んでおり、帰省の経験はないにしても、桑の葉の照る中に身を置いたことはあるはずだ。こぼれ話をすると、秋櫻子は実は席題が嫌い、というのが面白い。

コスモスを離れし蝶に谿深し　『葛飾』

『葛飾』の連作「赤城の秋」の第一句であり、「水沼口」の前書がある。秋櫻子は赤城山に十数回登っているが、掲句は二回目、帝大病院医局の遠足で登った折に詠んだ。現在、赤城山に登るには車道が整備された前橋口から入るのが一般的だし、当時も前橋口から登るのが最も楽だった。だが、秋櫻子は一回目、二回目とも距離は短いが、途中に鳥居峠の難所がある水沼口から登っている。

　水沼口は現在のわたらせ渓谷鐵道の水沼駅の近くから入る。しばらく行くと、森の中の道に一の鳥居が静かに立つ。

山椒喰一の鳥居を鳴きすぎつ　『磐梯』

そこを過ぎると登りになり、少し行くと利平茶屋があった。秋櫻子が腰を下した床几の前方は深い谷になっている。掲句はコスモスを離れた蝶が谿の上に舞い出たという、ほとんど苦労なしにその場で書き留めた写生句である。現在、利平茶屋跡から先は使われている形跡のない危険な岨道になっており、鋼索もしくは索道だろうか、その敷設の跡も残る。一の鳥居の存在も併せて考えると、かつては水沼口が赤城の神へ参詣する表口だった様子が窺える。

慈悲心鳥わきつぐ霧の渓ふかし　『磐梯』

右の句はその先の鳥居峠で昭和十七年に詠まれたものだが、鳥居峠の雰囲気がよく出ている。

掲句作の大正十五年の折は、鳥居峠を越えようとして驟雨に会い、ずぶ濡れになったが、宿に着いて湯につかる頃には美しい月夜になっていた。大沼を囲む外輪山には雲ひとつなかったが、草原の霧が深く、次の句が生まれた。

白樺に月照りつゝも馬柵の霧

夏には今も牛が放牧されているが、そのための柵があった。

むさしのの空真青なる落葉かな　『葛飾』

昭和初期の作であり、武蔵野が武蔵野らしかった頃の景だ。東京から日帰りで行ける作者お気に入りの村であろう。人の姿は見えないが、仕事をしている槌音や擦過音、牛馬や鶏の鳴き声が乾いた空気に響いている。冬も浅く、どの家もまだ籠もり支度をしている。屋敷林からはひともと、ふたもとの幹が真っ青な空に向かって伸び、その上枝から落葉が盛んに降り注いでいる。具体的な樹名はないが、欅に違いない。欅の名所は武蔵野に数多あるが、この句では青空がしっかりと見えていなければならず、並木の欅ではない。

ふた昔前、精進料理を出す武蔵丘陵のある寺の箸袋にこの句が書かれていたのを覚えている。

来しかたや馬酔木咲く野の日のひかり

『葛　飾』

若い頃の秋櫻子は医局勤務のかたわら、京都や奈良へよく吟行に出かけた。往きも帰りも夜行列車の忙しさであったが、掲句からはその疲れをものともせぬ若さと、日常の激務から解き放たれた詩心の躍動がよく伝わってくる。

唐招提寺
なく雲雀松風立ちて落ちにけむ

薬師寺
行春や水草のみなる池の面

秋篠寺
紫雲英咲く小田辺に門は立てりけり

三月堂
来しかたや馬酔木咲く野の日のひかり

百済観音

春惜むおんすがたこそとこしなへ

昭和二年「ホトトギス」六月号では右の順で発表されており、それは第一句集『葛飾』の「大和の春」でも変わらないが、百済観音の句のみは切り離されて、連作「古き芸術を詠む」に入れられている。「大和の春」は三月堂の句に続き、

牡丹の芽当麻の塔の影とありぬ　（昭和四年六月号）
蟇ないて唐招提寺春いづこ　（昭和三年五月号）
或る（とある）門のくづれて居るに馬酔木かな　（昭和四年七月号）
野茨のはびこり芽ぐむ門を見つ　（大正十五年作）
馬酔木咲く金堂の扉にわが触れぬ　（昭和三年五月号）
蝌蚪の水（池）わたれば佛居給へり　（昭和三年七月号）

と並ぶが、句の並べ方は作句順にせず自在に思索を巡らしている（括弧内は「ホトトギス」発表年号）。

掲句の「来しかた」とは、直接的には馬酔木が密に咲く、今辿って来た道、実景としてはささやきの小径あたりをあげてもよいが、現実を超え、広い解釈を許す言葉となってい

る。たとえば、来しかたの明るさは詩人の豊かな将来をも暗示していると取ることもできよう。

馬酔木咲き野のしづけさのたぐひなし　『秋　苑』

と比べると、掲句の秘めているものの大きさに気づく。
次の二句は百合山羽公『春園』の昭和四年の項にある作だが、

松かぜも雀のこゑも遅日かな
かへりみる空のひかりは夕雲雀

前句が唐招提寺、後句が秋篠寺の帰路で詠まれている。秋櫻子作〈なく雲雀松風立ちて落ちにけむ〉〈来しかたや馬酔木咲く野の日のひかり〉の影響が見て取れる。奈良での作が俳壇に影響を及ぼした一証である。
『葛飾』は当時の多くの句集が倣った季題別によらず、また、現代の句集の多くが採る作年順にもよらず、「春・夏・秋・冬・連作」の順になっている。その春の章の始まりが掲句を含む「大和の春」である。

梨咲くと葛飾の野はとの曇り

『葛飾』

昭和二年四月号の「ホトトギス」に発表されている。
まず自然を忠実に観察し、句の表には自然のみを描きつつ、なお心をその裏に映しだそうとする。そうすると勢い調べを大切にするようになる、と秋櫻子は説く。調べを重くみた秋櫻子には万葉調と称される一連の初期作品があり、この句もその一つ。他に代表的なものとして、

水無月や青嶺つゞける桑のはて　（大正十四年八月号）
追風にまろびて涼し沖津浪　（大正十四年十月号）
葛飾や水漬きながらも早稲の秋　（大正十四年十一月号）
海羸打や灯ともり給ふ観世音　（大正十四年十二月号）
むさしのの空真青なる落葉かな　（大正十五年一月号）
好晴やほとゝゝ枯れし野路の蔓　（大正十五年一月号）

桑の葉の照るに堪へゆく帰省かな　（大正十五年六月号）
白樺に月照りつゝも馬柵の霧　（大正十五年十二月号）
追羽子に舁きゆく鮫の潮垂りぬ　（昭和二年三月号）

などが『葛飾』の序に見える。「ホトトギス」では括弧内のような発表順になっており、万葉調と言われた作品が集中して作られたことがわかる。しかし、すべてが同じような作られ方をして生まれたわけではない。たとえば、白樺の句は東大の医局の遠足での作、俳句を作るのは秋櫻子一人だけだった。追羽子の句は三人の友人と三浦三崎へ小旅行をした折の作。また、海贏打の句は風生、青邨、素十、手古奈、誓子ら東大俳句会の会員を招いた岩田紫雲郎宅の句会で作られた。誓子もまた〈負海贏や魂抜けの遠ころげ〉と詠んでいるので、海贏が席題に出たのだろう。

秋櫻子の万葉調が生まれるきっかけは、短歌の窪田空穂門下の時代に受けた教え「歌は調べなり」を俳句にも取り入れ、十七音に抑揚をもたらし、従来の型を破って新鮮な趣を得ようと考えたことから始まる。短歌は抒情詩である以上、心を主とすべきものであるが、その心は概念的に述べられるものではなく、調べによって伝えられるという主張が「歌は調べなり」であった。そのために窪田空穂、斎藤茂吉、島木赤彦、中村憲吉、北原白秋らの歌集を秋櫻子は読み、『万葉集』にまで溯って調べを探究した。

さらに、勉強は歌集のみにとどまらず、たとえば和辻哲郎著『古寺巡礼』から得た知識は、空穂が詠んだ大和路の短歌の趣を秋櫻子に深く覚らせた。しかし、机上の勉強は、空想的な結論に陥りやすい。そこで葛飾、利根、赤域ほか『万葉集』に登場する地を訪ねては新鮮な句の調べを模索した。その結果、掲句を始めとする万葉調の実践的作品が誕生した。

だが、『万葉集』に関わりの深い耳成山、香久山、多武峰などを遠望し、橘寺、川原寺、岡寺、菖蒲池古墳ほかの飛鳥を秋櫻子が初めて巡ったのは大戦終結後の昭和二十三年のことである。古くは明治四十四年、一高に首席で入学した祝いに京都や奈良に旅をし、その後も大正十四年、昭和二年と奈良に遊ぶが、法隆寺、秋篠寺、東大寺、唐招提寺、薬師寺などに限られていた。

また、万葉集歌に親しい三輪山や巻向山を眺め、石上《いそのかみ》神宮、大神《おおみわ》神社、海柘榴市《つばいち》の跡を訪ねたのは昭和三十四年である。その紀行文では額田王の三輪山の一首を引用し、空穂の『万葉集評釈』にあった記憶から、

紫は灰指すものぞ海柘榴市の八十の衢に逢ひし児や誰
たらちねの母が召ぶ名を申さめど路行く人を誰と知りてか

を引いている。このように秋櫻子の『万葉集』に対する敬愛は空穂を通して培われたものの

だったが、それとは別に、短歌及び歌集に対する興味は元々本人のうちにあった。家業を継ぐために医科に入ったが、文学志望だった秋櫻子は心の渇きをいやすため、当時盛んに上梓された歌集をことごとく読み、多くの短歌を諳ずるまでになった。万葉集歌を始めそれら心に刻んだ調べを、俳句の革新のために使うことを考えたのである。

秋櫻子の調べを重視した俳句は万葉調と言われたが、その調べを求めたのであって、個々の万葉歌人の探究とはやや異なる。『水原秋櫻子全集』全二十一巻を紐解いても、万葉歌人が歌とともに論じられているのは、大伴旅人と柿本人麻呂がわずかに眼につく程度である。

春惜むおんすがたこそとこしなへ　『葛飾』

秋櫻子が古典芸術を詠んだ第一作であり、『葛飾』の巻末にまとめられた「連作」に載る。「筑波山縁起」「当麻曼荼羅縁起」に続く「古き芸術を詠む」七句のうちの第一句である。昭和二年四月に奈良の博物館で会った百済観音を詠んだもので、吉祥天女、伎芸天女、

天燈鬼、龍燈鬼、玉虫厨子、橘夫人念持仏を詠んだ句があとに続く。中では、

うつし世に浄土の椿咲くすがた　（吉祥天女）

人が焼く天の山火を奪ふもの　（天燈鬼）

行春やたゞ照り給ふ厨子の中　（橘夫人念持仏）

がよく知られているが、第二句は空想を織り交ぜ、景が大きく広がった。秋櫻子は百済観音を見た折に館内で秋篠寺の伎芸天、梵天、天燈鬼と龍燈鬼も見ている。

周知のように明治初年の神仏分離令は廃仏毀釈の動きを引き起こし、法隆寺も秋篠寺もその波に呑み込まれる。しかし、仏像や経典は守らなければならない貴重な文化財と考える流れも同時に生まれた。明治二十八年に開館した奈良帝室博物館（現・奈良国立博物館）は寺宝の寄託を受け、一時的に保管し、公開する役目も担っていた。百済観音については、明治後期から昭和初期にかけて寄託されていた記録が残る。したがって、秋櫻子が見たのは平常展であろう。避難のためとはいえ現時点で考えると、興福寺の阿修羅像を始め多くの大切な寺宝がよくも博物館に寄託されていたものと思わざるを得ない。

その当時、百済観音は正面玄関を上った突き当たりの室のガラス張りの函にあったという。本館自体が現在は重要文化財に指定されているが、突き当たりの室とは平常展の彫刻部門を展示する現在の第一室のことである。写真での比較であるが、秋櫻子が訪ねた当時

と室内の雰囲気はほとんど変わってない。昭和十四年に大宝蔵院が建てられた後、百済観音は法隆寺に戻され、現在は寺で保管されているが、堀辰雄の『大和路・信濃路』には返された当時の様子が伝えられている。

僕の一番好きな百済観音は、中央の、小ぢんまりとした明かるい一室に、ただ一体だけ安置せられている。こんどはひどく優遇されたものである。

（昭和十八年一月〜二月発表）

百済観音は二・一メートルの木彫彩色の観世音菩薩立像の俗称、飛鳥時代半ばから末期の作で国宝。一木造りで他の飛鳥時代の木造彫刻同様に樟を用いている。寺の所伝によると百済渡来というが由来は明確でない。天平時代の法隆寺の古記録『法隆寺資財帳』にはこの像の記載がなく、元禄時代の『法隆寺諸堂仏躰数量記』に初めて載る。後世、他の寺院から移されて来たものと思われ、作者は不明。同寺金堂には同時代の代表的な仏師・鞍作止利の代表作で、その名を銘文に留める本尊釈迦三尊像がある。だが、祖父が渡来人の止利は、北魏の仏像形式にならった仏像を作っており、百済観音の様式とは顕かに異なる。

百済観音の俗称は大正六年『法隆寺大鏡』が初出である。通常の仏像と比べると著しく痩身かつ偏平で、頭部は小さく八頭身に近く、背丈の高さが強調されるように立つ。本像の特異な様式、謎の伝来は多くの文芸家の関心を集め、和辻哲郎は「縹渺とした含蓄」があると表現し、亀井勝一郎は「大地から燃えあがった永遠の焔」とたとえている。おだやかで、語りかけてくるようなあたたかさを会津八一は、

ほほゑみて　うつつごころに　ありたたす　くだらぼとけに　しくものぞなき

と称え、秋櫻子は百済観音を初めて見て、驚倒せんばかりの感激をおぼえている。その感激をどう言い止めるかが難題であったが、何日か考えて、世のあらん限り、永久に春を惜しむ姿と感じとったのが掲句である。その折に同じ所で見ている秋篠寺の伎芸天にはそれほどは感激していない。

二年後、今度は法隆寺金堂の釈迦三尊像の後に立つ百済観音を再び見ている（自句自解より）。百済観音に対しては「春惜む」という感じに変わりなかったものの、止利仏師作の釈迦三尊像には余り感激はなかったらしい。

啄木鳥や落葉をいそぐ牧の木々

『葛飾』

『葛飾』の連作「赤城の秋」のうち、擬人法がうまく決まった一句。〈コスモスを離れし蝶に谿深し〉と同じく帝大病院医局の第二回遠足の折に想を得た。参加者の中で俳句を作るのは作者のみ、句帳を出し難い雰囲気があったのか、家に帰ってから仕上げている。「翌日敷島口に下りようとして、牧場の水楢の木蔭に休んでいると、啄木鳥がその梢に来て、しばらくたたいていた。それを記憶していて、よほど後に詠んだものである。結局赤城山の句といってもよいであろう」と秋櫻子は綴っている。その言の通り、

コスモスを離れし蝶に谿深し
白樺に月照りつゝも馬柵の霧
月明や山彦湖をかへし来る
二の湖に鷹まひすめる紅葉かな

は大正十五年「ホトトギス」十二月号に載るが、掲句のみは翌年の九月号の発表になって

いる。

この時に帰路に選んだ敷島口へは先頃まで関東ふれあいの道があったはずだが、現在の地図上では途切れている。その敷島口に通じる大沼近くの白樺純林に掲句の句碑が立っており、季節になるとまさにこの景色そっくりになる。

蟇ないて唐招提寺春いづこ　『葛飾』

句集『葛飾』の劈頭の句、すなわち「大和の春」の第一句は前書「唐招提寺」を置く、

なく雲雀松風立ちて落ちにけむ

であり、旧きよき時代を偲ぶかのような過去を推量する作品から始まる。右の句は「大和の春」の構成上からも見逃せないとともに、

釆女の袖吹きかへす明日香風都を遠みいたづらに吹く　志貴皇子

に通底する「颪」の用い方である。「なく雲雀」の句の景は四月の初めに見て、句の形になったのは四月の終わりであった。唐招提寺の松林を吹く颪と雲雀の声は常に頭の中にあり、いつか自然に俳句の形になって出てくるのを待って、無理をせずにいたという。

それに対し、掲句は六句目に置かれ、「再び唐招提寺」の前書を持つ。下五の「春いづこ」には作者の心が籠もる。蟇の声はするが花の少ない金堂付近ではとても春が来たとは思えなかったらしい。「春いづこ」のような表現は通常、アンニュイが漂い、やや甘ったるく感じるものだが、蟇の濁声がそれを払拭し、唐招提寺という堅い調べが全体を引き締めている。

蟇は蛇とともに秋櫻子の嫌いなもののひとつだが、この折は実際に蟇の声を聞いている。だが、姿は見ていない。金堂、講堂、宝蔵、経蔵、戒壇院址などが散在する境内は広く、現在でも鑑真廟付近で蟇の声がしたとしても、おかしくない雰囲気である。

馬酔木咲く金堂の扉にわが触れぬ

『葛　飾』

「奈良の古寺を頭に思い浮べて詠んだ句で、（略）この場合、金堂はあまり大きくない方がよい。寺の境内にある馬酔木は、たいてい小さいから、それと対比する場合、大きな金堂では具合がわるい。まず秋篠寺ぐらいが好都合だと考えたが、秋篠寺の金堂の前に馬酔木があったかどうか、忘れていた」と秋櫻子は自解に記す。

この自解からわかることは、金堂の大きさをある程度出しつつも馬酔木との対比に心を砕き、わざわざ「扉」を「と」と読ませ、一字に拘っていることだ。また、「わが触れぬ」からは自意識とともに、在来の俳句の表現を超克しようとする表現意欲が伝わる。

さらに、旅から戻り、この句の景を再構築している点は秋櫻子の作品を理解するうえで大事なことだ。実景に忠実に再現されているかを問う前に、作品に詩情が籠められていることを大切にする秋櫻子の作句態度の一端を窺うことができる。それに関連することとして、深い造詣から発せられた窪田空穂の言葉「自身の全体を感じる心が、やがて詩情だ。要は、詩情より発して自然を捉へてゐるか何うかといふことである。自然は詩情を象徴してゐる。単に自然の形を模しただけでも、詩情があるかのやうに見える。そしてそれが作歌の誘惑になつてゐる。古来、この誘惑に打克つて、詩情の純粋を保ちえた人は何れくらゐあらう」を秋櫻子は大切に書き写しているが、みずからの作句態度を常に正すための言葉でもあった。

秋篠寺の案内書に同寺における作と載っていた、とのちに奈良へ行った友人がわざわざ教えに来てくれた後日譚がこの句にはある。しばらく経って秋櫻子が寺に行ってみると、金堂の前のやや左手に馬酔木があったという。

蓮の中羽搏つもののある良夜かな　『葛飾』

羽搏つ音に良夜の光の明るさを感じているような、視覚と聴覚がないまぜになった感じがするこの句は「良夜　七句」の前書のある三句目に置かれている。

厨子の前望のひかりの来てゐたり
燭あかく弥勒のおはす良夜かな
蓮の中羽搏つもののある良夜かな

七句の内の最初の右の三句（「ホトトギス」昭和三年十一月号所載）を読むと、厨子や弥勒の句材から法隆寺や中宮寺辺りの吟行作品のように取れる。しかし、二句目には自句自解があり、空想の作とわかる。弥勒菩薩を祀る古い由緒ある堂があり、門内の池の萍もはっきり見えるほど月が差している……これは作者だけの空想ではない、弥勒菩薩像を二、三度見たことのある読者はそう思うであろう、と秋櫻子は言う。読者との共通体験に訴えかけて成功している作品群なのである。たとえば、掲句では望月を上げた上野の不忍池を脳裏に描いてみれば、現今の景として東京に住む人にも身近なものになる。俳句は共通体験を通して詠むという基本がよくわかる作である。

先ほどの三句の後は、

馬追のまづ鳴きいでし良夜かな
ふくろふの口《く》ごもり鳴ける良夜かな
五位鷺の森さわがしき良夜かな
蜑が戸はいとゞのみ鳴く良夜かな

と続く（前半は大正十四年十一月号、後半は十二月号の「ホトトギス」所載）。七句を終わりまで読むと、「良夜」を題に詠んだとわかりつつも、展開のうまさに感心する。また、五位鷺の句では、三方を青田に、残りの一方を森に囲まれている周囲四、五百メートルほどの池があり、その森影の映る辺りにわずかばかりの蓮が咲いていた、という秋櫻子が実際に見た景が脳裏に浮かぶ。七句全体としては空想が加わった実景と言えようか。

馬酔木より低き門なり浄瑠璃寺

『葛　飾』

昭和四年の春の一日、同行三人で当麻寺、法隆寺、浄瑠璃寺を巡り、万葉調と言われる掲句を得た。発表は昭和四年「ホトトギス」六月号である。

秋櫻子の奈良行は、自己の精神の深きところから古き仏教芸術に触れようとしたもので、表面的、観光的な気分で憧れたのではない。浄瑠璃寺に行くまでは、寺がどこにあるかさえ秋櫻子は知らなかったことからも推測できる。秋櫻子は「何かものに憑かれた」とそれを形容しているが、堀辰雄が昭和十二年以降にしばしば繰り返した大和行のわけを「私のうちに生じはじめた古代美への心の渇き」と述べていることと通じる。秋櫻子の度重なる奈良行を最も理解していたのは、当時の作家のうちでは辰雄だったかもしれない。昭和十八年に発表した『大和路・信濃路』の中で、新薬師寺付近で歩きながら秋櫻子の句〈或る門のくづれて居るに馬酔木かな〉などを口遊んでいるうちに、急に矢も楯もたまらなくなって、唐招提寺の松林に辰雄は来ている。

なく雲雀松風立ちて落ちにけむ

を思い出したのだろうか。

馬酔木咲く金堂の扉にわが触れぬ

の句のように金堂の扉に触ろうとしてためらい、その後、中宮寺、秋篠寺、薬師寺、東大寺、法隆寺を巡っている。

もちろん、辰雄も秋櫻子も和辻哲郎の『古寺巡礼』を確りと読んで奈良に来ている。秋櫻子の場合は、昭和二年に同書を求め、魂をゆすぶられたとの記録がある。実際に訪ねた中宮寺では「寺といふよりは庵室と云つた方が似つかはしいやうな小ぢんまりとした建物」(『古寺巡礼』)に対して「庵室などという詞の感じよりもよほど奇麗なものであった」、また如意輪観音では「『古寺巡礼』の著者はこれを聖女と呼んでいるが、この形容はたしかに真の感じを捉えている」と秋櫻子は評している。大戦の兆しの中、いにしえの良き心を求めんと古典への復帰が提唱され、昭和十年代前半にはそれが知識層の流行のようになった。だが、辰雄や秋櫻子はそのような流行性時代性とは関係なく古都古寺を見つめ、おのれの魂を見つめていた。

秋櫻子が二度目に訪ねた昭和十六年の春以降、浄瑠璃寺の寺苑はいたく荒廃し、門は崩れ、句に詠んだ傍らの馬酔木は枯れてしまった。だが、三十二年十月までには以前のところに二代目の馬酔木が植えられたようだ。

秋櫻子の馬酔木の句としては、門の低さがよく出ている掲句がよく知られている。東大寺や薬師寺、法隆寺などの奈良の大寺とは異る、浄瑠璃寺の質素さ簡素さを対比を使い描き出した。比較が常緑低木の馬酔木なので読者にはわかり易い。他方の〈馬酔木咲く金堂の扉にわが触れぬ〉では「扉にわが触れぬ」という抒情的表現に読者の眼が行きがちだ。

浄瑠璃寺の門には段差があるが、現在は脇に側道が設けられ、車椅子でも庭内に入れるようになっている。つくづく時代が経たことを感じる一例である。

金色の佛ぞおはす蕨かな　『葛飾』

「浄瑠璃寺　四句」のうちの一句である。同寺は天平年間に建立され、開基は行基とも義明とも伝えられている。間口十一間、奥行四間の横長の本堂には有名な定朝様式の九体の阿弥陀如来仏、いわゆる九品仏が坐す。一体のみが一丈六尺（四・八五メートル）の丈六仏、残りは半丈六の仏で、九品仏が九体阿弥陀堂（本堂）とともに現存するのはわが国でもここのみである。本堂の阿弥陀如来は西方極楽浄土の主であり、池を挟んで立つ三重塔に安置されている薬師如来は東方浄瑠璃浄土の仏。庭園は浄土式庭園と言われ、極楽浄土を表している。

同寺は奈良市街から訪ねるのが一般的だが、正確には京都府の東南部に建つ。旧国名で言えば、山城・大和・伊賀の三国が入り組んだところにあり、実際に訪ねようとすると現在でも交通不便の地である。第二次大戦前は参拝客もまばらで、奈良から二里の長路を延々と歩いた人も多かったと聞く。

秋櫻子がこの寺を初めて訪ねたのが昭和四年の春、次回が十六年の春である。第一回目は途中まで車に乗り、あとは度々迷いながら山道を歩き、着いてまず眼にしたのは白い馬酔木の花房と黄色い山茱萸の花弁だった。

周辺は鄙びており、春になると野辺や畦には草々が生き生きと育つ。蕨は山地の日当りの良いところに群生するが、浄瑠璃寺の境内は広潤なので目に付くほど生えていた。門前の茶店では蕨の根から取った澱粉で作った蕨餅を名物として出している。

しかし、浄瑠璃寺もしくは奈良の鄙には蕨がよく合うという点に掲句の評価が高いのではない。浄土思想を体現する九品仏と生命力の象徴である蕨を組み合わせたことで、また、取るに足らない極小のものに壮大な思想の存在をぶつけたことで、一つの宇宙観が生まれたことが見逃せない。医師として俳人として現世の極楽浄土に立ち、命というものの本質を悟ろうとしていたのかもしれない。

焼岳のこよひも燃ゆる新樹かな

『秋櫻子句集』

戦前、秋櫻子は上高地へ三度行っている。始めの二回は学生時代で島々までは馬車、そこからは歩いて徳本峠を越えた。焼岳の大噴火で堰止湖の大正池が出来て間もない頃のことで、島々から徳本峠の間は人一人さえ会わぬこともあった。焼岳は今も山頂付近は樹木が育たず、硫気ガスの噴出が見られ、常時多量の土砂が流下しているが、秋櫻子は実際に岳が爆発する音を聞いている。元々上高地とは神河内、神の庭の意味だが、河童橋から仰ぐ穂高岳が神々しく見え、渓谷の空や梓川の流れに一点の濁りさえもなかった頃だ。

徳本峠を越える登山路に代わり、梓川沿いに自動車道路が開通したのは昭和八年、三度目の時は自動車を使った秋櫻子だが、以前とは何かが失われ、変わった感じを受けたらしい。一応、人の心と自然は切り離して考えることができるが、心の鏡に映して人は景を見るために、折々の心の色に染まって景が見えるのだ。何かが失われ、何かが変わった感じを受ける眼前の景ではあるが、掲句の中の景は秋櫻子がかつて見た、通俗化する前の神々しさに溢れた焼岳である。安井曾太郎の上高地の連作に対し、「この通俗化せんとした（上高地の）景色の中から真の美しさをとり出して描かれたもの」との秋櫻子の評があるが、まさにこの指摘は「『自然の真』と『文芸上の真』」の執筆者の見解であり、掲句の作句の態度である。

同じ緑の季語でも「新樹」とか「緑陰」などに比べて「茂り」は大景を捉えた方が成功すると秋櫻子編『俳句歳時記』（講談社文庫）では解説するが、自身は掲句を含め、

夜の雲に噴煙うつる新樹かな　『葛飾』
焼岳のはだへの荒き新樹かな　〃
水漬きつゝ新樹の楊真白なり　『蘆刈』

と「新樹」の明るさを好み、雄大な山岳風景と併せることで、力強く新鮮な景を生み出していった。

ぜすきりしと踏まれ踏まれて失せたまへり　『新　樹』

季語は絵踏、江戸時代に耶蘇教信者でないことの証にキリストやマリアを描いた図を素足で踏ませた。主として長崎で毎年定期的に行われたが、耐用の見地から踏絵は紙に描いたものから木板、銅板へと変わった。旧正月四日以降、二、三月に終えるのが通例となっていた。

一時期、秋櫻子は長崎の白蛇会という俳句会を指導をしていたが、その会より贈られた『切支丹資料集』の写真を見て作ったのが掲句である。『圖説俳句大歳時記』（角川書店）の絵踏を探せば、

日の渡る聖像を踏み渡りけり　原　月舟
小さなる小さなる主を踏まさるる　中村　汀女

があるが、秋櫻子作は「銅牌踏絵及び真鍮踏板」の前書を置き、句全体で絵踏を表現している珍しい作りとなっている。また、六七六のゆったりとした調べからは踏絵が春の季語

と知らなくても春の季と感じ、もしくは気づくであろう。
さて、秋櫻子の絵踏の句だが掲句の次に、

踏板や邪宗門佛生る、の図

が置かれ、次句集『秋苑』には「踏絵を見る」と題して、

ひと踏みぬエスキリストの嘆かひを
かつおそれいにしへ人は主を踏みし
その踏絵いまにのこりて我は見つ

の三句がある。それが秋櫻子の絵踏の句の全てだが、季語として「踏絵（絵踏）」の言葉が入ったものは一句しかなく、表現を思いめぐらしていることがわかる。

昭和六年、秋櫻子は「ホトトギス」を辞するが、それが新興俳句運動の契機となり、その後の俳句の流れを変え、昭和俳句俳壇史に大きな足跡を残すこととなる。退いた理由には複雑なものもあろうが、虚子の俳句に対する考え方や指導方針にあったことは間違いない。虚子の標語とした客観写生は大衆にはわかりやすい言葉であったが、写生という言葉には作者の心が含まれており、それに客観の言葉を冠するのはおかしいと秋櫻子は常々考えていた。景が浮かぶのみではなく、心がいつまでも脈々と伝わる俳句を詠みたいという

望みを持っていた。

それに関して、「清濁併せ呑まず」が脱退した時の決別の言葉であり、脱退の主な理由と誤解されているようなところがあるが、それは正しくない。この言葉が初めて確認できるのは昭和三年、高野素十との会話である。「ホトトギス」の雑詠句評のメンバーを厳選し、やたらな人を入れては駄目だと秋櫻子が言ったことに対して、秋櫻子の嫌いそうな人物がいるが、大を成すためには清濁併せ呑まなくてはいけないと素十が諭した。が、濁を呑むくらいなら大を成す必要はない、と答えている。江戸っ子の秋櫻子の気質を実にうまく言い当てている言葉ではあるが、辞すると同時に『自然の真』と『文芸上の真』を著したように、直接の理由は個人的感情にかかずらうものではなく、あくまでも虚子の俳句に対する考え方に否を表明するもので、文学上の問題に絞った革新運動であった。

秋櫻子が退くに至った決定的要因は地方雑誌「まはぎ」の記事「句修業漫談」を「ホトトギス」が転載したことだった。漫談は素十との作風を比較して、俳句というものは虚心に忠実に自然を写すものとして、秋櫻子のような作風を認めないものであった。転載は虚子がそれを認めたにほかならないと秋櫻子は受け取った。一地方雑誌掲載であれば我慢もしたろうが、こうなっては取る道は自分の俳句を大切にして「ホトトギス」を辞すか、反論を書くかであったが、熟考の末に前者を選んだ。

「ホトトギス」を離れた秋櫻子は「馬酔木」に拠って、新しい俳句の道を邁進し、この時代は多くの素材に挑戦している。在来の素材のほかに三崎港、田園都市、画家の画室、喫茶店、百貨店、熱帯魚、ラグビーやスキー、登山、水上競技、拳闘、入学試験、天体観測、医学講義、往診、防空演習などどれも目新しいものである。拳闘の句は、

蟬鳴くやボビイは眼もていぶかしむ　『新　樹』

と、今となっては秋櫻子の作かと思うほどである。だが、時代は昭和八年である。

昭和の初めに村野四郎の『体操詩集』（昭和四年）があるのですが、それ以外は短歌の世界でも俳句の世界でもスポーツをうたったものは非常に少なかった。昭和一ケタの時代に前田夕暮のボクシングをうたった歌があるくらいです。

との佐佐木幸綱氏の発言が参考になる。ラグビーやスキー、登山、水上競技、拳闘などのスポーツを詠む気概からは、試行錯誤をしてでも、新しい俳句の道を切り拓こうとする秋櫻子の姿が髣髴としてくる。たとえば三崎港の句では、

日輪のかゞよふ潮の鮫をあぐ　『新　樹』

と、「鮫」を冬の新しい季語として使っており、また、金魚藻を詠むに、

藻の林水温計の柱あり　『新樹』

と、「茂りたる藻」を「藻の林」と表現しているが、「独立した季語として許さるるかどうか、いささか問題は残されていると思う」と自身でも述べている。そこに素材を豊かにしようとする考えとともに季語を広げようとする努力を見る。掲句収録の句集『新樹』の作品及びその「付記」から推察すれば、『葛飾』の作品と距離を置く、すなわち『葛飾』の延長線上の句を作り続けるのではなく、俳句の開拓者としての使命を感じ、古い俳句の情緒からの脱却をはかろうとしていたようだ。

『新樹』では一般的に「後記」と称しているものを「付記」としているが、この「付記」が当時の秋櫻子の心の動きをよく表しており、一読すべき内容となっている。次句集『秋苑』とともに素材の開拓精神を大いに感じる句集である。

白樺を幽かに霧のゆく音か　『新樹』

掲句は「上高地」の題のもとで作った十句のうちの第三句であり、

焼岳は夏日に灼けて立つけぶり

炎天の火の山こゆる道あはれ

に続く。右の二句は焼岳を詠んだものだが、両句は穂高岳を詠んだ第九句、第十句の、

穂高岳霧さへ嶺を越えなやむ

穂高岳真日さす霧の立ちにけり

と対応している。第一句の「夏日に灼けて立つけぶり」に対して第十句は「真日さす霧の立ちにけり」、第二句の「火の山こゆる道あはれ」に対して第九句は「霧さへ嶺を越えなやむ」と表現し、まるで六曲一双の屛風絵のような並べ方をしている。

前年『自然の真』と『文芸上の真』を発表し、「ホトトギス」を離れた秋櫻子は新しい俳句に対する情熱に燃え、新鮮な方向を常に模索していた。前述のように素材の開拓を忘れることなく挑戦しているが、それのみでなく、表現自体についても果敢な挑戦があった。さらに言えば、馬酔木ハイキングを石老山で催したり、結社賞や同人自選欄を創設し、作品欄の名前を本名の水原豊にしたのも、掲句を含む『新樹』の時代と一致する。

掲句に戻ろう。上高地の中の湯から歩き始め、大正池を過ぎると白樺の樹間に穂高岳が

見えてくる。空はよく晴れているのだが、白樺の梢の囁くような音とともに道が一瞬淡いベールに包まれる。それを霧の通り過ぎる音だろうかと感じたのはまさに詩人の鋭い感受性そのもの。

霧の流れて行く音を捉えた句は珍しく、表現においても切れが弱く、現代詩的な姿をしている点に注目したい。掲句の新鮮な内容と俳句らしくない型は上高地という作句現場の影響があろう。このような実作を積み重ねることにより、古色蒼然とした在来の俳句の世界から秋櫻子は決別していった。

わがきくは治承寿永の春の雨か　『秋　苑』

治承寿永は高倉安徳両天皇の時代である。治承は俊寛が鬼界ヶ島（喜界島）に流された鹿ヶ谷の陰謀が露見した年に始まり、平氏が都落ちし、源頼朝の東国支配権が確立した年に寿永は終わる。『平家物語』に詳しいが、その間には平清盛が後白河法皇を幽閉、以仁王・源頼政の挙兵、福原への遷都、源義仲や頼朝の挙兵など歴史の大浪が幾度も押し寄せた。

掲句は「吉野」「大和路」「中宮寺」に続き、「寂光院」と題した五句のうちの最後に置かれている。昭和十年四月、秋櫻子は塚原夜潮、石田波郷、桂樟蹊子、平畑静塔、藤後左右ほかと洛北を訪ねた。同院は京都の大原にある天台宗の尼寺。平家滅亡後、安徳天皇の生母・建礼門院徳子が閉居して、高倉安徳両天皇、平家一門の菩提を弔った所として知られている。

頼朝が義経追討を命じ、平家の嫡流・六代平清高が捕らえられた後の文治二年（一一八六年）の四月、遅桜が咲き鶯の鳴く中、後白河法皇が建礼門院を訪ねる大原（小原）御幸で同院は舞台となる。華やかな宮中の生活、その後の流浪の日々、敗戦の地獄、そして安徳天皇の最期を女院が法皇に語る。「祇園精舎の鐘の声、諸行無常の響あり」と始まった物語は、「なほも名残惜しけれども、さてあるべきことならねば、法皇都へ還御なる。夕陽、西に傾けば、寂光院の鐘のこゑ『今日も暮れぬ』とうちしめる」と、再び鐘の声で終盤へ向かう。

平成十二年五月、寂光院本堂が火災に会い、本尊は痛ましいお姿となり、周囲も秋櫻子が訪ねた昭和十年四月の頃とは異なる佇まいになっているが、境内や堂内には『平家物語』にちなむ数々の旧跡が残る。背後には建礼門院のご陵もある。芝居の舞台で見聞き、学校の授業で学び、小説で読み、同物語は秋櫻子にはとても身近な世界であった。物語を締めくくる大原の地に立ち、物語の中の人々の魂に触れ、並々ならぬ思いが湧き上がってきたのであろう、「詩心もまた盛んに燃えていた」と記している。

季節は物語の大原御幸の頃よりもやや早く、桜が咲き始めた頃だったが、自動車が大原の里に入ると雨が激しく降ってきた。掲句も前掲の句同様に「か」、すなわち詠嘆で終わっている。盛んに降っている雨の音を聞いていると、その音に古人の思いが籠もっているような感じがして、歳月を一気に飛び越して治承寿永の世に立ち戻れるかのようだ、という気持を伝える「か」である。同時作の、

苔ぬれてしげき春雨音あらぬ

では、寂光院の苔が厚く、激しい雨にも音を立てなかったというが、心耳で聞いた雨音を通して歴史に直に触れようとするその日の秋櫻子だった。

頼朝が最終的な勝利を治める「源平合戦」は、源氏と平氏が別れて戦った単純な図式ではないことから、現在の歴史学では「治承寿永の内乱」と言われている。秋櫻子の言葉に対する正確さと先見性が窺われる一句である。

しぐれふるみちのくに大き佛あり

『岩礁』

「薬師如来　会津勝常寺にて」の題がある七句のうちの第一句。前後の作品から推測すると、猪苗代湖畔の亀ヶ城、磐梯、檜原湖を巡っての帰途、湯川村に寄られた。同寺は門を潜ると、右に収蔵庫、正面に薬師堂が建つ。境内は清潔でよく整えられており、生き生きと木々が育っている。

創建は九世紀、開創は徳一と伝わる。後述の慧日寺は『今昔物語』などの記述から徳一の創建に間違いないものの、勝常寺の創建については伝承のみである。徳一は当時の中央である畿内の出で、一説には藤原仲麻呂の子との説がある。平安初期に南都の東大寺や興福寺で法相宗を学び、二十代で東下し、磐梯山の麓に慧日寺を創建した。同寺は金堂が最近再建され、会津仏教文化発祥の地と言われて現在も発掘中であるが、開基の明らかな東北の寺院の中では最古の寺である。

徳一は最澄や空海に論戦を挑んだことでも知られる。殊に最澄との三一権実《さんいちごんじつ》論争は有名で、仏性について普遍的尊厳性を説く最澄に対し、徳一は南都法相宗の先天的差別説を唱えて論争した。最澄や空海ほどには知られてはいないが当時の高僧であった。「大き佛」とは薬師堂の厨子に在す半丈六仏の薬師如来坐像である。会津には会津五薬師と呼ばれる五つの薬師如来が点在するが、勝常寺の薬師如来はその中央薬師の位置にある。同寺の山号は瑠璃光山、東方浄瑠璃浄土の主・薬師（瑠璃光）如来に因んで建てられた。薬師（瑠璃光）如来はわが国では七世紀頃から信仰されるが、この仏は作年が平安前期の九世紀にまで遡る。

掲句に続き第二句、第五句に、

時雨ふりただに暗くして厨子ありぬ

照りいでぬ光背なれば時雨冷ゆ

がある。厨子内はやや暗く、判別がし難いが、如来のお顔の金箔は剝げ落ちているものの、光背にはしっかりと金箔が残っている。また、如来のみは作句当時の昭和十年十一月と変わらず、厨子の中に在す。当時は脇侍の日光菩薩や月光菩薩も薬師堂に在したが、両脇侍は現在は収蔵庫にお立ちだ。最も大切であるはずの薬師如来は木造の薬師堂に祀られ、両脇侍を含む他の仏は防火設備の整った現代的な鉄筋コンクリートの収蔵庫に安置されているのが一見奇妙に思える。だが、同寺の最も根幹をなす信仰対象が薬師如来であることを考えれば、その対象として薬師堂にそのまま在すのは納得以外の何ものでもない。

平成八年、如来は脇侍とともにみちのく初の国宝に指定され（秋櫻子が拝観の当時は未指定）、室町時代に再建された薬師堂は国の重要文化財となった。そのほかに創建時に造られたとみられる仏像九軀や徳一の坐像も安置され、同寺の仏像は三十軀を越えるが、薬師三尊を含め十二軀もの「平安時代」の仏像が残るのは、畿内の寺院以外では非常に稀である。さらに、国宝彫刻は一、二の例外を除き畿内が占めており、「三体の国宝」が在すのは奇跡と言っていい。秋櫻子は会津の仏教文化の豊かさや信仰心の篤さに触れ、奈良の仏と同様に感動し、驚いたに違いない。そこには秋櫻子の最も好む雰囲気が満ちていた。

向日葵の空かがやけり波の群　『岩礁』

南房総の波太での作。空と海はあくまでも青く輝き、その境目はまぶしくて判別しがたい。その海と空を背景に夏の生命力の象徴である向日葵が屹立している。なにもかもが生きる力に満ち溢れ、無機質であるはずの空と海にさえ作者は生命力を感じ取っている。侘び寂びの世界から輝かしい外光に俳句を解放した、と称される秋櫻子の面目躍如たる内容である。山口誓子は掲句を評して、この向日葵は作者の創造であるかもしれない、向日葵は神のみが創造するものとは限らない、と見抜いた。俳句においても創作の大切さを説いた発言だ。

掲句は句集『岩礁』に収まっているが、同句集は画家の曾宮一念が昭和八年の二科展に出品した画「いはの群」から名づけられている。同画は前景に険しい巌が峙ち、春潮を隔てて後景に細長い岩礁が横たわる南房総・波太島の光景を描いているが、この画に魂を奪われたと秋櫻子は述べている。

その一念が随筆集を出すことになって、その書名候補に「種子植物」「ひまはりの種」のほかに「ひまはり」と「いはの群」があったことが掲句との関係でことに興味深い。掲句は昭和十一年に発表された、「向日葵と波の群　波太風景の一」「向日葵と巌の群　波太風景の二」「波太島所見」各五句計十五句の中の一句だが、二人の芸術家が相互に影響を与えている姿が題から見て取れる。

同じ十一年に四人の画家、曾宮一念、伊藤廉、里見勝蔵、林重義の作品発表会が成り、会の命名の依頼が秋櫻子に来た。たまたま十月であったので、武蔵野の林を思いつつ霜林会と付けた。その会は五年ほどで中止やむなきに至ったが、会に出展された絵は秋櫻子に忘れ難い印象を与えた。作句に行き詰まった時など、出展作品を思い起こしては心に鞭打ったと述べている。この霜林会という名がのちの秋櫻子の句集『霜林』の名に結びつく。

同句集の扉絵は曾宮一念が描いているが、『霜林』も先の『岩礁』も一念との縁の深さを示す句集名である。『岩礁』の次の五句、

罌粟咲かせ病かなしき人臥たり
描くべく咲かせし罌粟に人臥たり
あまつ日に罌粟は燃えつつ人臥たり
花甕の罌粟むらさきに人臥たり
罌粟剪りて我にくれつつ人臥たり

は掲句が発表されてから一年後、一念を見舞った折に詠まれた。一念は病に細かい神経を使い、医師の言葉を忠実に守り、自分の判断で起き上ることもせず、ひたすらに臥すのみだった。秋櫻子がもう少し気楽にすることをすすめたが、聞き入れず絶対安静を保ったままだったという。

一念に関して忘れてならないのは、上田の無言館に展示されている葉書五枚と写真五枚である。一念の息子俊一は見習士官として北支に派遣され、その地で戦死した画学生である。写真の中には幼い俊一と一念が共に写生しているものがある。また、葉書は静岡の吉原原町で一念が投函したもので、大半が宛先不明で戻って来たために現存している。

大陸も春景色でせう。美しいときいてゐますので或はたまに写生してゐるかとも思ふが如何。（略）東京は勿論のこと吉原も日々切迫の感があるが、とにかく御安心ください。富士宮市外へ帰るのは七月頃になるでせう。私たちは直接のお役には立たぬが、何とか切りぬけて日本の文化を次代に後継せしめたいと考えて

で中の一枚は終わる。一念は百一歳で亡くなるまで俊一のことは一切話さず、俊一のことに触れると途端に機嫌が悪くなった。目が見えなくなった九十歳を過ぎてからたった一度だけ、俊一のことを問われて一言「悔しい」と声を絞り出したという。この人間性を秋櫻子は好んだと考える。

巴里の絵のここに冴え返り並ぶあはれ

『岩礁』

秋櫻子は芸術家と広く交流し、画家とその作品に対する理解も深く、著作『安井曾太郎』（昭和十九年刊）を残している。掲句はその一端が感じられる、「佐伯祐三氏遺作展」

の前書がある連作八句の第一句。佐伯の没後、ある蒐集家による展覧会が開かれた。傑作のほとんどが揃っており、観る者に深い感銘を与えた。

佐伯の絵の印象を、タッチに力があって、画家の魂がそのままこちらの心を揺さぶるような感じがしたが、異常な感も強かった、と秋櫻子は述べている。大正九年、東京美術学校在学中の二十二歳の折に撮った佐伯の写真を見ると、確かに鋭い眼光にただならぬものを感じる。また、残された絵の荒々しいタッチ、直線ならざる直線、白く厚く塗り込められた画面に対うと魂が引き込まれるような気がする。芸術の神髄の一端に達し得た眼光と、その魂が乗り移った佐伯独特の白と感じずにはいられない。

連作の二句目以降は、

壁冷えて命を懸けし絵ぞ並ぶ
狂ひつつ死にし君ゆえ絵のさむさ
夕闇はさむからず君が絵のさむき
君が描く冬青草の青冴ゆる
廃屋図心凍りてわが見たり
さむき絵に吾は顔よせて悼みける
凍天にいまか在るらむ佐伯あはれ

と並ぶ。比較してほしいのが、第八句集『重陽』に収まる昭和二十二年作の「洋画遺作展」と題された作品だ。

画布くらし炎天をいそぎ来て見れば
手の扇わすれてくらき画にむかふ
汗垂れて心を盡し画を見たる
蛾がとべり劉生ゑがく男の像
蟬とほし楢重ゑがく少女の図

右五句を「佐伯祐三氏遺作展」八句と比べると対象への思い入れに格段の差のあることが一読してわかる。個人と複数の遺作展との違いとも言えるが、秋櫻子が佐伯の絵に深く惹かれた結果にほかならない。

昭和四十三年刊行の『自選自解　水原秋櫻子句集』では、「佐伯祐三氏遺作展」の連作八句について、「相当に力を入れて詠んだけれど、今はこの一句だけあれば十分だと考えている」と感想を述べている。この一句とはもちろん掲句のことだが、自作に対するこの冷静で客観的な考察は連作に対する態度の変化が加わっていよう。

連作とは、強い感動を受けたら多くの句が詠めるはず、と秋櫻子が万葉歌から思いつく。単作主義から連作主義へ、それが一時は成功したように見えたが、一句一句の季語の処理法から無季俳句を生じ、一句の独立性を失わせるという問題を生み出した。

秋櫻子は昭和九年に「馬酔木連作俳句の歴史的考察と其の評釈」を連載し、連作俳句を唱道したものの、その二年後の十一年、連作より興った無季俳句を排するために、「馬酔木」に「無季俳句を排す」を十回にわたり連載し、新興俳句運動と袂を分かつ。掲句が発表されたのはその一年後の昭和十二年、秋櫻子自身はこの作品群を連作と呼ぶが、群作に移りつつある時期の一句と言ってよい。

水漬きつゝ新樹の楊真白なり

『蘆刈』


昭和十三年、秋櫻子は磐梯山、檜原湖に吟行して五十句を残している。現在では五十句程度の詠数は毎月の雑誌で目にしており珍しくもないが、当時としては大作であった。

行程はまず猪苗代の亀ヶ城址を訪ね、裏磐梯に向かう。五色沼を巡り、噴火口に登る。そのあと檜原湖の舟遊びをして、近くの牧場を尋ねている。掲句は五色沼を巡った折に作られたものだが、同年十月、裏磐梯五色沼磐鏡園に掲句の句碑が建ち、除幕式が挙行された。これが秋櫻子の第一句碑の誉を担うこととなり、作者にとって忘れられない一句となった。

やなぎを漢字で書くと「柳」と「楊」の二種類があり、「柳」は枝が流れるように垂れるもの、「楊」は枝が垂れないものと区別できるが、今も五色沼を巡ると、掲句のような楊に会うことができる。

また、磐鏡園といっても毘沙門沼の周囲をそう呼んでいるだけで、垣や柵があるわけではない、と秋櫻子はその当時の様子を述べているが、現在も似たようなもので、毘沙門沼の駐車場の売店付近に磐梯山を背にして句碑は立っている。建てる時に、妙に凝った形にしないとの条件を付けたというが、大きな硯の形にも見える碑は景にとけこんでいる。

句碑嫌いの秋櫻子はこの碑を立てることを頼まれた時に随分困ったが、当時の裏磐梯は行く人も稀であり、また、その景が好きなのでとうとう承諾することになった、と言っている。その名声が高まるにつれ、建立を切望する熱意に抗しきれなかったのか、現在、秋櫻子の句碑は優に百二十を越す。

瑠璃沼に瀧落ちきたり瑠璃となる　『蘆刈』

標高八百メートルの裏磐梯には大小三百の湖沼群が散在しているが、一時間ほどでその一部を巡る五色沼探勝路が整備されている。この折の五色沼巡りで秋櫻子は、

新樹より梅雨さむき霧の噴きいづる
新樹より噴く霧に噎せ人かくる
樹々鳴りて霧すぎ蕗も立ちさわぐ
郭公や瑠璃沼蕗の中に見ゆ
梅雨の蕗瑠璃なす淵にしづくする
蕗のかげ赤腹の魚群はしりたり
水漬きつゝ新樹の楊真白なり

と詠み、次が掲句となる。

明治三十一年の磐梯山の大噴火は檜原川、長瀬川などをせき止め、裏磐梯に数多の湖沼

を生んだ。檜原湖、秋元湖、小野川湖などを除き、点在する沼を総称して五色沼と呼んでいるが、太陽光の差し具合によって、沼の水は千万変化の色合いを見せる。沼には一つひとつ名がつけられており、中に瑠璃沼の名を持つ沼も存在する。しかし、右の第五句の「瑠璃なす淵」はその瑠璃沼ではなく、五色沼最大の毘沙門沼のほとりで詠まれている。同沼も瑠璃と称してもおかしくないほどの碧水である。だが、掲句の自解、

沼のひとつに小さな瀧が落ちていた。これは渓流が急湍をなしていると言った方が真に近いかもしれない。それほど小さな瀧が蕗の葉をゆるがせて沼に落ちている。岩にせかれた水は白く泡立って見えるが、沼に落ちるとたちまち沼の色と同化して瑠璃色になってしまう。

により、掲句こそが瑠璃沼と呼ばれる沼を詠んだものと推定される。

初日さす松はむさし野にのこる松

『蘆　刈』

小田急線の祖師谷大蔵駅で降り、ふれあい遊歩道を北へ向かって八、九百メートル歩き、今度は西に道を取り、幾つかの角を曲りながら二、三百メートル行くと釣鐘池公園に着く。陶芸家の富本憲吉はかつてこの公園の先に工房を持っていた。

秋櫻子がよく訪ねた昭和十年代は駅を出るとすぐに町並が途切れて野道になり、雑木林や藪、畑や田が点在し、かつての武蔵野の姿を色濃く残していた。湧き水を湛えた鐘池（つりがねいけ）の池尻にある小さな弁財天の祠には覆いかぶさるように老松が立ち、四季それぞれの趣を憲吉が好んだという。秋櫻子も、

野の池を十日見ざりき咲く辛夷　　『古　鏡』

落葉踏む音あり池をめぐり去る　　〃

と詠んでいる。池を二、三百メートル過ぎて行くと、丘に通じる急な坂道があり、それを登り切ったところに道を隔てて工房と自宅が建っていた。

工房は東西に長く、高床で板敷になっており、床下の一部には陶土が蔵われていた。工房の窓から東の方を見ると、畑を隔てて雑木林があった。この林の中に高く美しい、一本の赤松が立っていた。掲句はその赤松を詠んでいる。しかし、元旦の松を眼前にして詠んだものではなく、枝振りを思い浮かべつつ詠んだものである。当時の武蔵野には美しい松が多く、赤松の聳える雑木林が特色の一つだった。

昭和十四年には窯出しを見学して「白磁出窯」八句を発表している。その中でも、

春暁のふた丶びめぐり窯火絶ゆ　『蘆　刈』

雲雀鳴き春光松を射透せり　〃

壺ひとつ木瓜剪り来てぞ挿されける　〃

の第一句は作者自身が好きな句であり、第三句は憲吉が感じが出ていると言った句。ただし、原句は「大き壺木瓜剪り来てぞ挿されける」と上五が違っていた。また、第二句は掲句と同じ松を詠んだものであろう。

憲吉の言葉で秋櫻子が最も大切にしていたのが、「文様より文様を作らず」だった。古い文様を模して自分の文様にしてはいけない、文様は常に独創的ならざるべからず、として徹底して模倣を排した。憲吉の写生帳を見て、その言葉が写生に対する飽くなき姿勢に基づいていることを秋櫻子は知っていた。それはもうひとつの言葉「創作こそ陶芸の真の

道である」とともに、俳句を他の文芸と並び立つものと考える秋櫻子の心に常に留めておく言葉だった。

憲吉の工房では開窯のたびごとに展覧が催された。僅かな案内を受けた極めて内輪の人々が静かに鑑賞する機会であるが、それでも応接間がいっぱいになるほどの人が集った。その案内を秋櫻子も受けるようになった。


白磁冷え卓にしづかなり青あらし　『蘆　刈』

はその一風景であるが、白磁を得意とした技を伝えている。

後年、小倉遊亀もまた憲吉の作品の愛好者の一人で、開窯を欠席したことがなかったと聞き、遊亀とは初対面と思っていたところが、すでに十数回も同じ場所に居合わせたことになる、といった逸話が残る。さまざまな分野の芸術家と交わりながら、自然を尊びつつ豊かで大きな俳句を秋櫻子は目指していった。

筒鳥を幽かにすなる木のふかさ　『古鏡』

昭和十六年に発表、中西悟堂氏に随っての浅間高原探鳥行での作である。星野温泉に泊まり、翌朝四時に起床、まだ明けやらぬ山路を八風山に向かい、途中の上発地で筒鳥の声に会う。筒鳥はぽんぽん鳥と称されるように空筒を打つような声を出すホトトギス科の鳥で、郭公、時鳥、慈悲心鳥とおなじく托卵の習性がある。

この頃、秋櫻子は野鳥をよく詠んでいる。十六年に入ってからの作でも鴨、鶸、鷺、青葉木菟が見える。この探鳥行では、

夜の瀬音さへぎり鳴くは葭切か
青き霧まぶたにすがし時鳥
夜鷹鳴き落葉松の空なほくらし
若楓揺りつゝ鳴くは四十雀
雲垂れて郭公これにひゞかへり

大瑠璃をきくと岩山あふぎ立つ
時鳥鳴きわたる山の岩躑躅
峡の田の苗代に下りつ黄鶺鴒
熊笹を敷く朝餉なり夏の百舌鳥
朝餉の座仙台虫喰をきくは誰
老鶯や一人静の実はちさく
慈悲心鳥ひゞきて鳴けば霧きたる
柄長鳴き落葉松の芽のそよぐなり
羊歯くらし小瑠璃のこゑのまろびくる
山雀や蕗生ふ沢を登りつめ
青鵐鳴き新樹の霧の濃く淡く
山椒喰あふげば白き花降り来る
蛙鳴きまぎれてきこゆ小葭切
茨の芽野鶲きたりかくれける
羽搏つ鷹落葉松の芽にながれ消ゆ
仔の牛を放てる野辺や雉子鳴けり

と詠み、その他に時鳥六句、郭公三句、百舌鳥一句、小瑠璃と慈悲心鳥は各二句、筒鳥も掲句のほかに二句を詠んでいる。種類の多さは圧巻だ。その時、秋櫻子は大葭切の声を初めて聞いている。鳥の声を覚え込むのが苦手とみずから言っているが、掲句の「筒鳥を幽かにすなる」を始め「夜の瀬音さへぎり鳴く」「若楓揺りつゝ鳴く」「時鳥鳴きわたる」「慈悲心鳥ひゞきて鳴けば」「小瑠璃のこゑのまろびくる」など鳴き声の特徴を実によく捉えている。

　秋櫻子は昭和十二年に『魚・鳥の句作法』を刊行し、十七年に赤城山の探鳥会に参加の記録があるが、その努力が実り、戦前の野鳥俳句の分野は秋櫻子の独擅場と言っても過言ではない。右の作では瀬音と葭切、岩山と大瑠璃、羊歯と小瑠璃、蛙と小葭切などよくその生態を捉えている。

　後述する『野鳥歳時記』ではそれまでの歳時記の野鳥の季節を改め、実際の生態から四十雀、黄鶺鴒、柄長、山雀は無季、青鵐、山椒喰、野鶲は夏と定めているが、その考えの影響を受けている作品も右の探鳥行の中には見られる。既成概念から離れ、自然界に一歩踏み込んでその実態から詩想を膨らましていく、現代の詩人としてあるべき態度を率先して示した作品群の中の掲句である。

佛法僧巴と翔くる杉の鉾

『磐梯』

仏法僧に対する興味を秋櫻子は古くから持っていた。昭和十年に「ラヂオに鳴く佛法僧」と題して六句を作っているが、中の四句を抽き出してみよう。

子らいねぬ佛法僧の鳴くといふに　『秋苑』
ラヂオ鳴りまこと鳴きいでぬ佛法僧　〃
佛法僧ひとつ鳴くらし声つゞけ　〃
まれにきく佛法僧の僧がきこゆ　〃

奥三河の鳳来寺山から初めて仏法僧の声が中継されるというので、子供のような純真な気持で待っていたという。やがて番組が始まると、ラジオからブッツ、ポウ、ソウと金属性の声が流れた。

その後、秋櫻子は中西悟堂と会い多大な影響を受けることになるのだが、悟堂は命在るものへの慈愛の眼差しを持った野鳥研究家であった。日本野鳥の会を創設し、自然保護活動に献身する。そのような悟堂の考え方には十六歳で得度し、比叡山で教義を学んだ経験が生かされている。比叡山は昭和五年に鳥類繁殖地として天然記念物に指定され、それを記念する碑が東塔と西塔の間、山王院付近に建つ。また、

樹之雫しきりに落つる暁闇の比叡をこめて啼くほととぎす　悟堂

の歌碑が、西塔の恵亮堂の前にある。野鳥・自然保護運動の功績で悟堂が文化功労者の表彰を受けた記念に建てられた。

その悟堂から仏法僧と言われている声は木葉木菟の声で、姿の仏法僧は別にいることを教わり、秋櫻子はこの鳥に一時興味をなくしてしまう。秋櫻子が前述の仏法僧（実は木葉木菟）の句を作った昭和十年という年は、仏法僧の声と姿が違うことが発見された年だが、その知識の普及は遅々としていた。

十八年六月、高尾山の探鳥行でゆくりなく姿の仏法僧と秋櫻子は出会うことになる。早朝の探鳥行で青葉木菟、夜鷹、黄鶲、山椒喰、雉鳩、藪雨、青啄木鳥、大瑠璃などを詠んだ帰り、高尾山の薬王院の門前の大杉にその姿を見つける。嘴は黄色、翼に群青の淡青の紋があり、飛ぶ姿はまことに美しかったというが、その美しさに敏感に応える心が何よりも秋櫻子らしい。同時作が、

佛法僧青雲杉に湧き湧ける
佛法僧の群青杉にまぎれなし
佛法僧青杉雲にこぞりたり

と少々興奮気味の表現なのも仏法僧が稀にしか会えない鳥であり、木隠れにいて見つけ難いことを知っていたのだろう。

ここでどうしても触れておかねばならないのは、昭和十八年に初版が発行され、現在は冨山房から出ている山谷春潮著『野鳥歳時記』である。同書は悟堂の探鳥行に毎年随って鳥の習性を覚えた秋櫻子が、歳時記の野鳥に関する説明・分類が不備で、事実と乖離していることを痛感し、実態に即した野鳥歳時記の出版を著者に促したことより始まる。秋櫻子門の俳人であり、悟堂の野鳥の会で野鳥観察を続けている春潮はその適任者であった。野鳥の会創立の翌十年には会員となり、十七年からは会の事務所と機関誌の発行元の重責も担っていた。前述の十六年の浅間高原探鳥行にも同行しているが、秋櫻子を悟堂に引き合わせたのも春潮である。山椒喰さえ歳時記に載っていなかった時代に「俳句新季語解」と銘打ち、戦時下という困難な時期に同書は四版を重ねた。戦後に発行された歳時記の野鳥の項は多かれ少なかれ、この『野鳥歳時記』の影響を受けている。

春潮が経営していた日新書院は神田三崎町にあり、秋櫻子の産婆学校と同じ町内にあった。脚本家として活躍中の倉本聰氏は春潮の次男、学生服を着た同氏が馬酔木の例会に来て、この歳時記を売ったことがあったという話が伝わる。

降りいでて雲の中なり梅花村　『重　陽』

二十年四月十日の空襲による神田三崎町の自宅及び病院の焼失から、二十九年十一月の杉並区西荻窪の新居完成までの間、秋櫻子は八王子市中野町の仮寓を住処とした。二十年の秋には付近の加住丘一帯を自転車でしきりに巡り、春になると付近の丘陵を歩き、梅の句を詠んだ。丘の裾から中腹にかけては農家が散在し、その間を埋めるように梅が咲いた。

梅花村四五戸と見しが尾の上にも　『重　陽』

殊に秋川を越えて五日市の方へ行くと、農家にはどこも梅の老樹があって、梅花村と古風に呼びたいほどの風情があったという。月夜にその辺りを通ると、梅の枝影のみを踏んで歩くような感じであったとも記す。

景がまったく見えなくなっては掲句の梅花村の「梅花」が利いてこないので、丘の中腹にある農家は雲に隠れ、裾にある農家と梅は霧の中にうっすらと見えているのだろう。その家々は、

残雪や破風のたかき峡の家　『梅下抄』

のような趣であった。

西荻窪に移るまでは八王子を拠点に中川一政と秋川で遊び、高尾山で記念会を持ち、多磨丘陵で探勝会を開き、秋留の馬酔木会に出席し、名栗川に遊んだ。それらの様子の一部は随筆評釈『加住の丘』（昭和二十二年刊）に収録されている。

その頃の作品を収めた句集を紐解き、二十一年から二十九年にかけての梅の句を抽出すると、梅が開くのを心待ちにしている秋櫻子がおり、梅花を愛で、心慰められた秋櫻子がいる。

わが門に影敷く梅や夜々の月　『重　陽』

梅さきぬ機音邑によみがへり　〃

梅花村すぎし早瀬の淀となる　〃

木を挽くも畑打つことも梅の下　〃

梅しろし大風夜半に吹きすぎて　『梅下抄』
夜の梅に藁屋の棟のそびえたる　〃
麦生より鶫があふぐ梅咲けり　〃
雹のあと蘂真青に梅こぼれ　〃
鶫ゆきてとまれば吹雪く畑の梅　〃
紅梅や泉のほとりまだ萌えず　『残　鐘』
梅白く老いたる鶴の飼はれをり　〃
いたむ膝あきらめ居れば梅ひらく　『帰　心』
寒梅や十年住み飽く機どころ　〃

家には白梅二本と薄紅梅一本があると記す書もあるが、「折から庭の老梅の四五本が、まさに花をひらこうとしているのをながめ、とって題名とした」と後記で触れている昭和二十三年六月発行の句集名が『梅下抄』となったのも頷ける。

青丹よし寧楽の墨する福寿草

『重　陽』

墨台の上に置かれた奈良の古墨、硯は端渓、水滴は鋳銅、それに福寿草が配されて確かな新年の瑞気が漂う。正月二日に慶賀の句を揮毫しようとしている姿だろうか。奈良の古墨については古梅園のものを作者は考えているが、筆はと言えば平安堂で求めたものだろう。

筆匠や佳き紅梅を咲かせたる　『浮葉抄』
筆匠の簷に紅梅の枝斜め　〃
紅梅や佳き墨おろす墨の香と　『古　鏡』
筆買ふや紅梅咲くと見上げつゝ　〃
紅梅や筆の穂ほそくそろひたる　〃
筆匠の暖簾紅梅の影うごく　〃

右の句はすべて麹町の筆匠平安堂を詠んだもの。訪ねた折に紅梅が軒に咲いており、そ

描いた。

昭和十六年の真珠湾の奇襲攻撃から始まった太平洋戦争でわが国はミッドウェー、ガダルカナル、サイパンと次々に決定的な敗北を喫し、B29の本土空襲を受け、人的にも物的にも莫大な損失を被っていった。その間「欲しがりません勝つまでは」というスローガンを生み、銃後の国民一人ひとりが日常生活の隅々にまで長期にわたり忍耐を強いられた。戦争遂行に関わらない娯楽や文芸などは制限され、享楽的な内容は次第に排除されていった。

秋櫻子の俳句は外光派と称されるようにもともと明るく色彩感豊かなものであったが、そのような戦争一辺倒の社会の影響下、国民の戦意を高揚したり耐乏悲願の作が多くなる。たとえば昭和十七年作より始まる句集『磐梯』は、

冬霧にぬれてぞ祈る勝たせたまへ

を含む戦勝祈願の作で始まる。そのような作品がなければ雑誌の用紙の配給にも影響が出かねない状況だったのだが、次第に秋櫻子の俳句は本来の明るさと色彩感、広々とした空気感を失っていった。しかし、昭和二十三年作、

夜の大雨やがて春暁の雨となる

野の虹と春田の虹と空に合ふ
湖の霧馬酔木咲く野へあふれいづ

より始まる『霜林』は、広々とした空気感と色彩感が蘇ったのが感じられる句集となった。戦時中の作品にはなかった新しい境地が切り開かれ、同句集は『葛飾』と並ぶ秋櫻子俳句の高峰と評価されるようになる。精神を覆う戦争という暗雲が取り払われ、自由に俳句を作ることのできる社会が再び訪れたことが、秋櫻子の作家精神を蘇らせた。もちろん、社会情勢の影響や生活環境の変化から、作る句がいつの間にか痩せてきたとの自省が心底にはあった。

鶯や雲押し移る雲母越　『霜林』

「修学院離宮」の題がある七句のうちの一句。離宮は比叡山の山裾にあり、後水尾院が十四年の歳月をかけて作り上げただけに、雄大かつ優美な景観を見せる。背後に御茶屋山をひかえ、離宮の景に取り入れられた田畑には京野菜や稲が植えられ、のどかさも残る。

それらの景色を脇にしつつ、修学院離宮の南端を音羽川に沿って登り、左手に林丘寺の表総門が見えるとやがて木橋の雲母橋に至る。その橋を渡ると比叡山へ登る雲母坂となる。入口には雲母寺跡の小さな石碑が立つ。案内板や道標があり迷うことはないが、本格的な登山道であり、雨後には雨水がところどころで道の中を走る状態となる。『山州名跡志』には「此の坂、雲を生ずるに似たり、よつて雲母坂と云ふ」とあるが、実際は坂周辺の岩盤を組成する花崗岩の雲母が光ることから名づけられた。古くから比叡山と都を結ぶ主要路の一つで、都から勅使が通ったので勅使坂とも称され、最澄、法然、親鸞、日蓮、道元を始め多くの僧が行き来したので禅寺坂とも言われた。さらには比叡山の荒法師が日吉神社の神輿を担いで強訴に来たのもこの坂である。

昭和二十三年四月初旬のこの日、秋櫻子は初めて離宮を拝観したこともあり、作品からは心のたかぶりが窺える。離宮の内に立ち、雲母坂辺りと思われるところには、何層も重なった厚みのある雲が押し移るようにして動いている。時折は雲の切れ間も見えるのだが雨が落ち、拝観にはあまり適した天候ではない。

離宮は上、中、下の三つの御茶屋を中心に構成されており、御茶屋の間には田畑が広がる。その日、畦道を上の茶屋・隣雲亭へ登って行こうとすると、鶯の声が雲の中からしきりに聞こえてくる。庭内には椿や満天星、連翹、春蘭などが今を盛りと咲いている。スケールの大きな離宮とその背後を押し移る雲、ダイナミックでありながら、どこか和風の落ち着きがあるのは鶯の声のお蔭かもしれない。

速水御舟は大正七年から十年にかけて修学院村林丘寺内の雲母庵に住み、「林丘寺塀外の道」「洛北修学院村」と題した作品を描いている。後者は大正七年の第五回院展に出品された。緑の中に五、六軒の藁葺の農家と八、九人の農作業姿が描かれ、背後には比叡山と思われる峰が聳え、全体が青を基調としている。東山魁夷には修学院離宮を描いた「夕涼」（昭和四十三年）「緑潤う」（昭和五十一年）がある。これも青を基調にしている。秋櫻子ゆえ御舟の画は知っていただろうが、同時作から青を窺えるのは、

落椿藥全くて苔厚し

のみである。青を基調とするには季節が少しだけ早過ぎたか。

この句を収録の『霜林』は昭和二十三年春から二十五年初秋にかけての作品を収めているが、前句集『重陽』とは打って変わった明るさ、若々しさに溢れる。時代の重苦しさや変転に圧されていた秋櫻子の詩心も翼を大いに拡げる時がきた。

この修学院離宮を訪ねる前に桂離宮に行っているが、そこでは、

苔ふかく幾世落ちつぐ落椿

を含む十六句を残している。右の作のように長い時の流れを一句の中に押し込めたような表現は時折秋櫻子が見せるもので、句作りが順調なことを示している。作句数も修学院離宮での作の倍以上あり、秋櫻子にとって句を作り易かったのは桂離宮の方だった。一方の修学院離宮では「雲」を詠み込みのように作っており、苦心のあとが窺える。

かつて秋櫻子は旅した土地が「想像してゐた景と実景とが殆ど合致するやうな場合、一番よい句が多く作れる」と語っているが、二つの離宮を尋ねる前に秋櫻子は勉強を怠らなかったはずだ。たとえば昭和六年上梓の中村憲吉歌集『軽雷集』の中の「桂離宮の歌」についていて、これらの作は憲吉の傑作であるばかりでなく、昭和歌壇を代表する作と称え、常に暗誦してはその大きく素朴な心に触れていると激賞したことがある。

林泉《しま》のうちは広くしづけし翡翠《かわせみ》が水ぎはの石に下りて啼けども
林泉の中に屋根の寂びたる殿づくり桂の宮をたふとくなしつ
この林泉に寂びてたふとき殿づくり屋根しづかなれど高き床かも
桂川のながるる水を引きたらひこの森の宮の林泉はととのふ
池の向うに御殿《みとの》見ゆれど林泉のおく此処《ここ》はさながら寂しき海浜《うなはま》

右のような桂離宮を詠んだ同集の歌を事前に読み、歌より想像していた景と実景が見事に合致していたのであろう。

厨子の前千年の落花くりかへす　『霜　林』

「薬師寺東院堂聖観音」の前書がある。桂離宮、修学院離宮を訪ね、安堵村の富本憲吉を訪問した後、飛鳥に行く前に秋櫻子は西ノ京に寄っている。この聖観音についての記録は江戸時代以前のものはなく、作年も伝来も明確ではない。その特徴から唐の様式の影響を受けた、七世紀末から八世紀初期の仏であろうとされる。像は腰をひねらず直立しており、均斉のとれた伸びやかな肢体は理想的な人体の美しさを表す。ところで、作年も伝来も明確ではない仏が秋櫻子の句に登場するのは初めてではない。

春惜むおんすがたこそとこしなへ　『葛　飾』

と詠んだ百済観音である。俳句の対象として仏像と向かい合う時、秋櫻子は作年や伝来にはさほど重きを置かず、仏像と直に対峙し、みずからの美意識を何よりも信じて作る。

前述したが、掲句にも長い時の流れを一句の中に押し込めたような表現がある。眼前には厨子の前に落花があるのみだが、それを千年も繰り返している落花と捉えたのが詩人の眼であろう。

苔ふかく幾世落ちつぐ落椿　『霜　林』
月幾世照らせし鴟尾に今日の月　『緑　雲』
去年の鶴去年のところに凍てにけり　『蘆　刈』

などとともに、秋櫻子の詩人としての時間感覚がわかる例である。さらに、

わがきくは治承寿永の春の雨か　『秋　苑』

も、今降っている雨を治承寿永の雨と聞いており、源平の時代へと心は溯っている。過去への心の旅のきっかけとなるものとして、ある時は仏であり、ある時は雨音であったりする。歴史に対する造詣の深さが秋櫻子の句に表れる瞬間である。

丘飛ぶは橘寺の燕かも　『霜　林』

前掲句と同じ旅で生まれた句である。橘寺の存在を示す最も古い文献は『日本書記』であるが、言い伝えでは欽明天皇及び用明天皇の離宮・橘宮のあった所とされ、用明天皇を父に持つ聖徳太子はここで生まれたとされている。太子の活躍した昔から忘れずに南方から燕は渡って来て、巣を作り、子を生む。同寺に巣を作る燕を見ていると、太子が見た燕の裔を今眼前にしているのかもしれない、と想像は広がる。

現今の俳句表現の嗜好からは「かも」に違和感を感じるむきもいようが、和歌的傾向の表現として、「かも」の余韻を楽しむ句でもある。なんとなく避けているうちに、秋櫻子のように「かも」を使える上手はいなくなった。この折の作品は掲句に続き、

川原寺あはれ陽炎ひて野に低き
岡寺の霞ふかきを見て登る
木蓮の白光薫ず池のうへ
野に巨き石ゆゑ蝶も越えなやむ
草萌えてわづか染めける石の裾

と並んだ後、菖蒲池古墳の五句へと続く。右の句に詠まれている「川原寺」は正確には川原寺址だろうか、それともその跡に建つ弘福寺の姿だろうか。川原寺は創建の記録が残っておらず、実態も今ひとつ曖昧。皇極天皇の川原宮がこの近辺に営まれたが、その宮と川

原寺との関係もよくわかっていない。また、四句目の「巨き石」とは石舞台古墳のことで、蘇我馬子の桃原の墓ではないかと言われているものである。

作句時と比べて観光客は格段に増えたが、古都保存法に守られて、明日香村に急激な変化は起きていない。橘寺へは「畝傍にちかい岡寺駅で下り、東へ真直ぐにゆくと、右手に橘寺が見える」と秋櫻子は記すが、現在は橿原神宮駅から向かうのが便利。橘寺は境内に入ってみると案外趣がなく、小高い丘に築地を巡らして建つ姿をすこし離れて見た方が良いと秋櫻子は感想を述べている。内にも聖徳太子勝鬘経講讃像を始めとした重要文化財や二面石など見るべきものはあるのだが、外から見ると白壁の築地塀で囲まれた本堂、観音堂、本坊の屋根の姿が優美なので、内の趣がやや欠けると感じてしまうのだろう。その多くの建物は江戸時代に再建されたものである。

木瓜の朱は匂ひ石棺の朱は失せぬ　『霜林』

昭和二十三年四月四日、大和の安堵村に秋櫻子は富本憲吉を訪ねた。現在の富本憲吉記念館、憲吉が愛用した離れ、陳列室となっている土蔵、門屋などが残っている所である。そこで憲吉は話が一段落ついた後、玉露を淹れながら明日の予定を尋ねてきた。まだ未訪の、岡寺と橘寺に行くと秋櫻子は応えた。すると、橘寺の前の川原寺の礎石が瑪瑙であること、寺の傍には菖蒲池古墳があり、発掘された石棺の内部が乾漆でできており、その上に極めて良質の朱が塗られていたが、今ではほとんど痕跡もないまでに褪せてしまったことを憲吉は教えてくれた。

翌日、秋櫻子はその石棺に行った。棺の内部に塗られた古代朱はほとんど色が失せていたが、棺の側より生い出でた木瓜が真紅の花をあまた付けているのに出会い、五句を残している。前日に得た予備知識によって秋櫻子の詩嚢は大いに膨らんでいたに違いない。掲句は朱の比較という知的構成で仕上がっており、木瓜が真紅の花をあまた付けていたのは僥倖だった。左記の比較的長い前書が五句に付いているのが秋櫻子としては珍しい。

橘寺にちかき丘陵の中腹に発掘せられたる古墳にして、墳底に三個の石棺並びたり。棺の内部に塗られたる古代朱はその色殆ど失せたれど、棺側より木瓜生ひ出で、真紅の花をあまたつけたり。

発掘された当初、古代人の死に対する観念をひとつの形象にして表している、としてこの石棺は多くの芸術家や知識人の興味を引いた。なかでも堀辰雄は短いエッセイ「古墳」に「あの菖蒲池古墳のごときは、君のおかげで僕の知った古墳ですが、あれなどはもっとも忘れがたいもののひとつでありましょう」と書き、丘の中腹に大きな石で囲った深い横穴があり、その奥に石棺が二つ並んで見え、奥の石の蓋は原形を留めているが、手前にある方は蓋など見るかげもなく毀されていた、と古墳の様子を描写している。場所は異るがほぼ同類の素材で詠んだものとして、

春佛石棺の朱に枕しぬ　『山響集』

という飯田蛇笏の昭和十二年作もある。この句は蛇笏の住む山盧の後山を登った丘がかつての古代の墳墓であったことを句材にしている。右の句について「古代の墳墓を発掘すると、その内壁面が一種の朱泥に塗りつぶされてあるのに出逢ふことがある」と蛇笏は記している。

日本画では前田青邨が「石棺」と題した画を昭和三十七年の第四十七回院展に出している。冠を付け、剣を携えた武人が眠る石棺内部には古代朱が鮮やかに塗られている。かつて青邨は昭和七年の第十九回院展に同題の「石棺」を出品し、神奈川県長延寺に収めたが、第二次世界大戦の混乱で同作品は行方不明になってしまい、再び同じ題で描いた。青邨が男山八幡宮に行こうとして駅を出ると、石棺がひとつ発掘されてあり、覗くと内部に美し

い朱のあとが残っていたという。菖蒲池古墳の石棺ではないが蛇笏の句と青邨の画の対象は酷似している。文章と俳句と絵画、それらを総合し、比較しつつ掲句を鑑賞すると人の創造行為に対する深い思いに包まれる。

雨に獲し白魚の嵩哀れなり　『霜林』

掲句は白魚網と題された六句、

白魚舟独り漕ぎ且つ網をあぐ
浦安を這ふ雲くらし花の雨
白魚とり蓑笠つけて雨けぶる
白魚舟菜の咲く家へながれ寄り
雨に獲し白魚の嵩哀れなり
白魚舟枝川戻る蘆の角

の五句目に置かれている。網舟に誘われて江戸川河口の浦安で作った。現在も浦安には江戸末期の漁師の住まいが保存され、堀江や猫実地区では水神祭を始め漁撈関連の行事も行われている。また、後述するが蒸気河岸の案内板や船宿も残っている。

秋櫻子の乗った舟は江戸川筋で最も上手な投網を使う船宿のもので、舵子が畳一畳ほどの叉手網を使い、蘆が密集する岸辺を潮に逆らって上る白魚を目がけ川底を掬った。舟は小さいもので、舵子一人が舳に立ち、白魚を取っているときは舟は流れに任せていた。秋櫻子の乗った舟より一回り大きな舟も出ていて、網を持って舳に立つ投網師と櫓を繰る舵子が乗っていた。当時、江戸川橋から下流は蘆原で、橋付近には舟溜りがあり、その季になると江戸川から境川にかけては舟が所狭しと浮かんだ。

江戸末期の東京湾の投網は「土佐打（二つ取り）」が普及していたが、浦安の投網は肥後から伝わった「細川流（掬い取り）」と言われる豪快な投げ方を取り入れ、大きな網が打上花火のように水面に広がる様は多くの人々を魅了した。「土佐打」は網を二つに分けて投げ、陸から打つのに適しており、「細川流」は網を両手で一つに持って投げるので舟打漁に合っていた。鱸や鯔、黒鯛と違って、白魚を取る場合は叉手網を用いたが、その日も白魚を掬ったあと、叉手網を捨てて投網を打ってくれたという。

漁師が投網の技を披露し、取れたての魚をその場で刺身や洗い、天麩羅にして食べさせる浦安独特の船遊びは、多くの風流人に人気を博した。大正八年、江東区高橋から浦安の蒸気河岸までポンポン蒸気と呼ばれた汽船が定期に通じるようになり、十二年には十二名の投網師による組合も結成された。

作句当時の浦安は広大な干潟と魚影の豊かな海で、人々は専ら漁業に従う生活を営んでいた。春になると海中の生物も活発に動きだし、湿気を持った温かい南風が吹き出すと天気は変化し易く、海上では霧や靄がよくかかるようになる。そして東風が二日も吹くとやがて雨になる。

浦安を這ふ雲くらし花の雨

は雨が少し降っている景、

白魚とり蓑笠つけて雨けぶる

は雨がやや強くなった景。雨の中、蓑笠を付けて舟を漕ぐ景は掛軸などでよく見かけるが、それは一幅の水墨画の趣であったろう。

白樺の咲くとは知らず岳を見る　『霜林』

昭和二十三年、「奥村土牛氏の山の口絵に題す」とした三句のうちの一句。他の二句は、

旅びとの誰か白樺の花を知る
白樺の花をあはれと見しがわする

と、やや抒情に傾いた表現になっている。白樺は白く美しい幹が印象的で、清潔な詩情を感じさせるので多くの人に好まれる。しかし、花はと言えば、長いブラシ状の暗紅色の雄花は枝先から垂れ下り、ちょっと見た目では数多の毛虫が枝から糸を垂らしてぶら下っているようにも見える。雌花は雄花より短く、線状で空を向き、暗緑色をしている。雌雄どちらにしても花らしくなく、愛でる花ではない。それを秋櫻子は「咲くとは知らず」「誰か白樺の花を知る」「あはれと見しがわする」と表現している。

土牛は昭和十九年に家族を信州の臼田に疎開させ、三年後に自身も佐久穂村（旧八千穂村）に移り、二十六年まで住んだ。交通不便な当時、「馬酔木」の編集に携わっていた木

津柳芽が土牛の許を訪ね、表紙に使う画を風呂敷に包み東京まで大切に運んだ、という逸話が残っている。現在、小海線の八千穂駅前に画家寄贈の素描を収蔵した奥村土牛記念美術館があるのも、土牛が白樺の花を描いたのも当地に住んだ縁である。

時鳥野に甘藍の渦みだれ　『霜林』

甘藍とはヨーロッパ原産のキャベツのことで、わが国では明治末期に一般に普及した。眼前にはキャベツ畑が広がり、飛びながら鳴く習性のある時鳥が鳴き去っていく景を掲句は切り取っている。現在ならばキャベツの主産地のひとつ、群馬県北西端の嬬恋村辺りの高原の景を思い浮かべるかもしれない。しかし、昭和十三年の作、

窯の道甘藍の葉の照りみだる　『蘆刈』

は祖師谷の富本憲吉窯への途中の景であり、大戦終結直後の東京近郊でもごく普通に右の句のような景が残っており、掲句もそのような一景である。

この作が生まれた昭和二十三年、秋櫻子の身辺には重大な変化が起きている。一月に山口誓子が「天狼」創刊のために「馬酔木」を去り、三月に長らく離れていた石田波郷、石塚友二らが同人に復帰した。殊に波郷の復帰は秋櫻子の何よりの喜びだった。清瀬の東京療養所で療養生活を送っている石田波郷を時々に見舞っており、そこで得たのが掲句、とイメージを膨らますと趣が深くなる。波郷の療養所入所は二十三年の五月七日のことであった。

冬菊のまとふはおのがひかりのみ

『霜林』

「先生の句集十二冊約六千句のなかで、一句をあげよといはれたら、私は『霜林』の中の『冬菊のまとふはおのがひかりのみ』をあげる」と石田波郷に言わしめた句である。調べに心を籠めるという作者の考えがよく実践されている作であり、自然描写の上に如何にして感情を移すべきかに心を砕いた結果の表現であり、作者の自負が籠められ、心情が滲み出た内容になっている。第二句集『新樹』には、

わがいのちさびしく菊は麗はしき

わがいのち菊にむかひてしづかなる

が見られる。これらの句については、力を籠めたものであるが、菊の美しさを描き出すにはまだまだ腕の足らぬと秋櫻子は嘆いた。それに対し、掲句はその後の十五年間の努力が結実した作と言えよう。この句のみでは冬菊の色はわからないが、句集では前後に、

黄菊なり冬菜のはしにつくりしが

冬 菊 は 暮 光 に 金 の 華 を の べ

があるので、黄菊と想像してしまいがちだ。だが、自句自解に、

薄紫と黄色の秋菊がすみ、つづいて純白の冬菊が咲いた。その頃は菜園も枯れはて、菊は添竹を力としてひとりほのかに匂っているだけである。秋ならば周囲の花のひかりが菊と相映じて、互いに美しさを加えるのだが、いまはただおのれの光があるだけで、（中略）殊さらさびしいその光であった。

と記す。主情的と評されることが多い掲句だが、写生を基にした作品である。

些事ひとつ消えてはうまるセルの頃　『霜林』

昭和二十四年の作で、

灰皿やセルの主客が指のべて
灰皿の曳けるけむりや若楓

に続く。重い袷を脱いで、薄く軽やかな感触のセルに着替え、初夏のさわやかな季節感が横溢しているはずだが、前句からは難しい話に入っている重苦しさを感じる。後句からも灰皿の曳くけむりが、何やら話が拗《ねじ》れた雰囲気を漂わす。

「馬酔木」の年譜を調べると、その重苦しさ、心のざわめきをもたらしていることとして山口誓子や瀧春一の馬酔木離脱が考えられるが、それが合っているかどうかはわからない。秋櫻子自身は「俳句界の離合集散で、すこし心の平静のみだれたことがあった」と記す。翌年には『葛飾』と並ぶ秋櫻子の代表的句集『霜林』が出版され、翌々年は創刊三十周年を記念して、馬酔木俳句の成果を集めた『新編歳時記』が上木され、さらに戦後最大と称された記念号を発行している。敗戦の影響をいち早く脱した証ともなる「馬酔木」の文芸活動が続くのだが、活動が大きくなればなるほど些事も多く生まれるものか。セルの頃と言えば天候は申し分なく、人の活動も活発になってくる。大事の前に泡のように生じてくる些事とも言える。

吊橋や百歩の宙の秋の風　『霜林』

昭和二十四年発表作として、「奥多摩吉野村」の項にある。東京の高名な店で修行した表具師が疎開して、青梅に住み着いていた。八王子時代の秋櫻子はその人に軸の表具を依頼しており、散歩がてらにできあがった軸を取りに行くこともあった。そこに行くには日向和田の大吊橋を渡らねばならなかったが、吊橋は歩を進めるとおもむろに揺れ、宙を歩くごとく百歩を渡り切るのである。前句集『梅下抄』には「奥多摩の吊橋　五句」の前書で、

吹きくれば吊橋ゆらぐ秋の風
鶺鴒の逆落しゆき瀬とまぎる
かの遠き淀の青さや秋日和
谺して紅葉の淵に入る瀬あり
瀬の中に峙つ岩も草紅葉

がある。掲句が作られる前年の二十三年には「奥多摩吉野村」（二十四年と同じ項名）の項で、

冬紅葉吊橋宙に撓みたり　『霜　林』
鵯のこゑ吊橋宙にしづもれば　〃
吊橋は車行かねば冬麗ら　〃

ほかが並ぶ。さらに、掲句の後の二十四年十一月には「奥多摩吉野村　一句」の前書で、

冬紅葉吊橋に虫を聴かむとは　『霜　林』

がある。これらと比べると、「百歩の宙」の言葉を見つけたことが掲句を成功に導いたのがわかる。吊橋の句は秋櫻子の粘り強さを示すとともに、一つの素材をあきらめることな

く弛まずに詠む、それが佳句を生む秘訣であることを教えてくれる。

山越ゆるいつかひとりの芒原　『霜林』

昭和二十四年「O氏の老媼の病めるを見舞ふ　二句」のうちの一句。同年十一月には「O氏老媼葬送」の前書で、

去年は庭の菊のほとりを掃きゐしが　『霜林』

がある。ほかにも「大久保氏の老媼に　二句」の前書で、

八十路なる老の手をもて機はじめ　『重陽』

老刀自が手なれの機や機はじめ　〃

がある。老刀自は眼鏡を掛けずに梭に糸を通せるほど目がよかった。俳句とは形式が異なるが、

葛の花　踏みしだかれて、色あたらし。この山道を行きし人あり

ゆき行きて、ひそけさあまる山路かな。ひとりごゝろは　もの言ひにけり

右の短歌が折口信夫の第一歌集『海やまのあひだ』、大正十三年「島山」の項にある。掲句とこの短歌には若さゆえのアンニュイが見られ、共通する風情が漂っている。信夫の当時の美意識に支えられた強い浪漫調がたまたま秋櫻子の美意識と通うものがあったのか、秋櫻子の詩心の血肉になっているものに大正浪漫調からの影響が知らず知らずのうちにあったのか……。

O氏の家は八王子市の北陵にあり、南向き斜面の下に秋櫻子の家、北向き斜面の下にO氏宅という位置関係だったが、迂回しながら坂を越えて行くので三十分ほどを要した。秋櫻子夫人の遠縁の家と極近い縁続きとわかり、観月会や桃の節句、祭などで頻繁に行き来が始まった。

伊豆の海や紅梅の上に波ながれ　『霜林』

秋櫻子の住む八王子周辺では兆しのみだったが、この頃になると東京都心は戦後の荒廃から少しずつだが抜け出し、人々も明るさを取り戻し始めた。自宅と病院を戦災で焼失し、疎開から始まった八王子の生活も落ち着き、俳句に向かう気力もかなり回復してきた昭和二十五年の作である。

横浜の殿村菟絲子邸の句会の兼題での出句だが、その年の一月に熱海梅まつり句会に秋櫻子は参加しており、その折にすでに着想を得ていた。同じ熱海にあるＭＯＡ美術館所蔵の尾形光琳の紅梅白梅図屛風を思い出さずにはいられない色彩の豪華さがある。目に見たそのままを描くだけではなく、最も美しく印象的な構図を探す態度は琳派の絵師の視線に通じていよう。

内容とあいまって上六の字余りが効果をあげている。できるだけ豪華で、美しい句を詠んでみたいと思っていた頃の作で、強風が吹き、波が流れている青々とした海に梅のくれないが描かれている。表現の上からもはっきりと戦後の気力の回復が伝わる一句だ。

べたべたに田も菜の花も照りみだる　『霜　林』

　近くに新幹線の駅があり、サッカーやさまざまな催しに使われる総合競技場ができて今ではすっかり様変わりしてしまったが、昭和二十年代の横浜線小机駅付近の車窓風景である。朝夕は通勤客が鮨詰めとなる現在の横浜線だが、その頃は京浜東北線や山手線と違ってそれほどの混み合いもなく、窓の外の景色ものんびりとしたものだった。その景を眺めながら週二回、秋櫻子は八王子から横浜の乳児保護協会へ診察に通っていた。現在も八王子方面から来ると、小机駅の手前では野菜栽培農家の畑をところどころに見るが、当時の小机駅付近は一面の田圃で、春になるとそのいくつかには菜の花が咲いいた。土埃が舞い、雲雀が鳴き、その向こうに鶴見川の堤防が見えていた。

　揚句は力づよさ、鮮しさはあるが、実感そのものが少しも調理されずに出てしまっているのに自信がなく、手帳に書きつけてから二週間ほど秋櫻子は発表をためらっている。しかし、この句が好評を得たあとは調理を十分に施さぬ、やや荒削りのつよい句をもう少し詠んでみようかと考え直している。

右は秋櫻子の作句作法を窺い知る話であるが、作者自身の考えは脇に置くとして、どちらかと言えば油絵の色彩に近く、色彩感が豊かで、光溢れる秋櫻子らしい作になっている。秋櫻子の「べたべた」は「佐伯祐三氏の絵を、はじめて二科会で見たときはびっくりした。巴里のモンマルトルあたりの、乱雑な広告が、べたべたと描き込まれている（略）」という感じである。佐伯の代表作である「広告のある門」（一九二五年）や「ガス燈と広告」（一九二七年）の絵具の筆触を想像すれば間違いないと思う。

鰯雲こゝろの波の末消えて　『残鐘』

昭和二十五年作。掲句は句集の劈頭に置かれていることからも、ある意味で作者の自信作と言ってよい。そして、秋櫻子が俳壇に問い、俳句で目指したものの一端が窺われる作品でもある。掲句のあとには、

萩の風何か急かるゝ何ならむ

が続く。両句には今までの俳壇の作品にはなかった現代の知識人の匂いが漂う。はからずも現代を生きる者の心の綾を俳句で読めるかという答にも応じていよう。両句のような心理的な内容を詠み始めたことが、俳句が近代と別れて現代に足を踏み入れた確証ともなる。両句とも心の奥底を覗いて作ったような内容であるが、「鰯雲」の句では現代を生きる苦悩をさりげなく表現しており、心奥の心理模様を「こゝろの波の末」と表現した点に成功があり、「俳句は言葉の文芸」という単純な結論がよく合う。

さらに、「鰯雲」と「波」が呼応していることにも注目する。同じ形をしてどこまでも続く鰯雲と、消えたこころの波の末との対照が見事である。晴れた一日、ゆっくりと鰯雲を見る機会があった。つい数日前までは内外の数多の些事に悩まされていたが、嘘のように落ち着いている今日の自分を発見した。描写が芯の句ではないにしても、鰯雲を凝視したのちに、おのれの心の底を見入ったに違いない。鰯雲を見たのちでないと発想することが難しい内容と断言してよい。

萩の風何か急かるゝ何ならむ　『残鐘』

秋櫻子は人生の節目節目でみずからの一生の仕事の量に考えを及ぼしていたようだ。限りある一生で何をしなければいけないのか、どの程度の仕事を成し得るのか……天命を享けた者であるがゆえの思量かもしれない。たとえば、

青春のすぎにしこゝろ苺喰ふ　『葛飾』
寒苺われにいくばくの齢のこる　『霜林』
餘生なほなすことあらむ冬苺　『餘生』

第一句と第二、第三句を比べると、齢に対する切迫感の違いがはっきりと浮き上がる。第一句はあわただしく過ぎた青春をまだ懐かしんでいる感が強い。第二句は五十代後半に入った昭和二十四年、第三句は八十代の四十九年に詠んでいる。

これらの句からは秋櫻子の季語の用い方が学べる。心中を詠むのに観念の域で終わらせず、また、季語の象徴性を用いている点を見逃してはならない。「青春」には春を過ぎて

出回る「苺」を持ってくる。青春には漲る若さがあるものの、大事を成すには少し若すぎる年齢、思慮分別はそのあとの齢にやって来る。「いくばくの齢」や「餘生」に対しては貴重な「冬（寒）苺」を置く。三句いずれも青春が過ぎた、人生の過半を経た、余生に入ったという自認が作句の動機になっている。

掲句は二十五年の作であるが、戦争が終わって平和を取り戻し、何かをしようと思えば成し得る環境が生まれたことによる自問であろう。「急かるゝ」心に対し生命力溢れる輝かしい夏が過ぎた象徴ともいうべき「萩の風」を置く。実際に萩が風に吹かれていたということのみではなく、それが作者の齢をも語っている。「人生、いつ始めても遅くはない」という考えがある。それに対して「今始めなければ成し遂げられない、だが、急ぐのみでは十分なことは成し得ない」仕事も人生にはある。

掲句から半年余りが過ぎ、秋櫻子は「馬醉木」誌上に次のように記す。

三十年を経て、極めて平凡な結論に達した。すなはち俳句に対する熱情のうすれた期間は無にひとしいといふことである。——すでに人生の持時間が残り少いのであるから、今後は一日の弛みもなく、俳句に対する熱情を持ちつゞけたい。

（「馬醉木」二十六年四月号）

田搔牛観世音寺の前を曳く　『残鐘』

「軽衣旅情」百二十七句の内の一句。満六十歳を迎えようとする昭和二十七年、夫妻で九州の長崎と別府、四国、中国の宮島と岡山、南紀を回る旅に出る。出発は五月十九日、帰着は三十一日、俳句を詠み始めて最も長い旅となった。単純に日割計算をすると、その旅で俳句を「一日十句」作ったこととなるが、百句以上は詠んで帰ると出発の前から決めていた。

横浜駅からは殿村菟絲子が同乗、大阪駅では僚誌「南風」の人々が待ち、門司駅では野村喜舟が待つ。博多駅では思いがけなく学友の大野此楽が待っていてくれた。黒田城址に近い大濠旅館で昼食を摂ったあと、小雨の中を大宰府、観世音寺、都府楼址と巡る。

そのうちの観世音寺は太宰府市にある天台宗の寺で、造営は七世紀後半、開基は天智天皇。寺は東大寺、薬師寺（下野）とともに天下三戒壇の一つとしてかつて名を馳せた。秋櫻子来訪後の昭和三十四年に完成した鉄筋コンクリートの宝蔵には馬頭観音、不空羂索観音、十一面観音など五メートルを超える大形の仏像が並び、像数の豊富さから九州随一の仏像の宝庫と称されている。秋櫻子はそれら仏像の良さを認めつつも、当時、寺で唯一国宝に指定されていた梵鐘に興味を示した。

梵鐘は京都の妙心寺や奈良の当麻寺の鐘とともに、わが国最古の鐘のひとつとされている。鋳造年は不明であるが、弘文天皇の時代に筑前糟屋の多々良で造られた鐘であるとも、妙心寺の鐘（銘六九八年）と同じ木型を用いて造られた兄弟鐘であるとも言われる。その鐘を学僧が撞いてくれ、紫雲英田の上をその音が渡って行ったと秋櫻子は記し、「観世音寺鐘楼　二句」の前書のある次句に結実した。

新緑の映ゆるにあらず鐘蒼し

鐘ひゞき紫雲英田雨に暮れゆけり

寺の参道の脇には現在も田畑が残り、新緑の頃になると境内は緑の影で覆われ、掲句の頃とほぼ変わらない景となる。しかし、今では牛が消えてトラクターが田を掻いており、時代の移り変わりを感じさせる。

野あやめの離れては濃く群れて淡し　『残　鐘』

大宰府、観世音寺、都府楼址を巡った翌日、博多駅から向かった諫早には下村ひろしと僚誌「棕梠」の人々が待っていた。そこから雲仙行のバスに乗ったのだが、晴天の山路をだいぶ登ったところで、車窓から美しいあやめを秋櫻子は見ている。

掲句は前書「雲仙温泉地帯　二句」のあるうちの後の句で、前の句は、

野あやめのむらさきのみぞ霧に咲く

であるが、掲句の景にも霧が生じていたはずだ。しかし、句の上から霧を消したことで、燕子花の群を律動的に配置した尾形光琳や酒井抱一の代表作、「八橋図屏風」や「燕子花図屏風」を思わせる景となった。もちろん、野あやめと燕子花の違いは承知のうえで言っている。

伊豆の海や紅梅の上に波ながれ　『霜　林』

でも言及したが、琳派の屛風絵を連想するあでやかな発想は秋櫻子に具わっていた生来の資質であろう。

観世音寺では九州随一と称されている仏像群を秋櫻子は詠まず、国宝ではあるが地味な青錆びた梵鐘に心を奪われている。一級の芸術に対する眼は鋭い。燕子花の図とは限らず「群鶴図屛風」でもいいだろう、琳派の屛風を頭に思い描き、その律動を掲句で言い表そうとしたことは大いに考えられることである。

鐘楼落ち麦秋に鐘を残しける　『残鐘』

秋櫻子は長崎ではまず諏訪神社に詣で、切支丹関係の小さな博物館へ行き、そこを出ると原爆の爆心地の浦上へ向かう。当時、その小高い丘に焼け崩れた天主堂があった。そこで秋櫻子は「浦上天主堂　五句」の前書で左の五句を作る。

麦秋の中なるが悲し聖廃墟

堂崩れ麦秋の天藍たゞよふ
残る壁裂けて蒲公英の絮飛べる
天使像くだけて初夏の蝶群れをり
鐘楼落ち麦秋に鐘を残しける

五句どれもが字余りである。作者の感動が並大抵のものではないことをそれは示している。秋櫻子の作品では抑え切れずに溢れる詩心の発露が字余りになることが多い。浦上天主堂の跡の感銘を、

私はこの旅に出るすこし前に、天主堂残壁の写真を見る機会があって、つよい感動を受けたが、丘に登って目のあたりに残壁に対すると、その感動は二倍にも三倍にも高まった。それはどこから来ることかと思いつつ、周囲の丘を見廻すと、すべてこれ麦秋の畑で、その麦の色と、裂けた残壁の色との対照が、力づよく胸にひびくのだと思った。

と書いている。被爆直後の天守堂の写真は長崎原爆資料館が所蔵する。それを見ると、掲句の「麦秋」は救いそのものとつくづく思われてくる。発表当初、一連の長崎の句は当地

出身の山本健吉の批判を受けたが、秋櫻子の作品は作家としての並々ならぬ感動から生まれている。健吉の批判は文芸作品に対すると言うより、その枠を越えた原爆に対する怒りをも含んだ長崎人としての発言であり、それはそれとして理解できるものであった。

薔薇の坂にきくは浦上の鐘ならずや　『残鐘』

「軽衣旅情」は医師の仕事に携わっていた頃には行こうにも行けなかった長旅だが、前年より秋櫻子は医業を少しずつ離れていた。細かく述べれば、二十六年の初夏に皇太后陛下が崩御され、一年祭が済んだのち、宮内庁御用係を辞し、横浜の診療もやめたのだった。この旅のきっかけは長崎の下村ひろしからの誘いだったが、弟子が行く先々で指導を仰ごうと待ちうけ、歓待した。

長崎では原爆爆心地の浦上天主堂で、

麦秋の中なるが悲し聖廃墟

と詠んだ。天主堂跡の仮建の鐘楼に吊るされている、奇跡的に遺った鐘を前にして、

鐘楼落ち麦秋に鐘を残しける

と詠んだ。その帰途、ゆくりなくも鐘の音を耳にし、その遺鐘が鳴ったのかと思ったのが掲句である。空想六分、真実四分と作者は言うが、そのことはまったく作品の深さには関わらない。助詞の「や」を最後に置いたことで、原爆に被爆した浦上に対する鎮魂の思いは静かに深いものになった。

秋櫻子は『俳句の本質』で渡辺吉治著『日本詩歌論』を引用し、十二音が一呼吸の時間とほぼ同じで、それを二分すると五、七になる。それに韻律を完成するために五を加えたのが俳句の十七音。五七五の音律は韻律的快感と美的意味を持つ、と説く。字余り、破調については、「字余りは常に調べをよくするために言い換えれば、十七音にすこしあまった感情を、調べに移すために使われます。つまり字余りにしなければ、十分調べが整わぬ時においてのみ用いられるものです」と記す。

秋櫻子は生涯に二十一の句集を残しているが、第一句集『葛飾』と第十句集『霜林』の二つの詩的高揚時代を持つ。そのうちの『霜林』と次句集『残鐘』には殊に字余りが多く、二句集は秋櫻子の字余りを考えるうえで重要な意味を持っている。その『残鐘』の中の「軽衣旅情」百二十七句は三分の一弱が字余りで、調子を強めたり、逆にゆったりとした

感じを出すのに用いられている。たとえば上五中七の字余りは、

妙見岳雲きそひ騰り時鳥
聖祭壇明易き彌撒の燭のこる
汽船の水尾ながし薫風の機械音
若萩山たゝみ由布岳は巌赭し
太平記がしるす薫風の磯曲なる

など多くは名詞や固有名詞が係わる。下五の字余りは、

天使像くだけて初夏の蝶群れをり
荒れざまのあはれなるかな魚板の黴
オルガンのみ据ゑわすれあり蛾のたちゆく
海地獄百千の若葉色うしなふ
初夏の雲ながれ青垣山は低し
夏蜜柑切目の王子濤を前に

など動詞が比較的多く係わる。中七下五の字余りは、

船の笛鳴りて片影の坂なりけり
薫風に舞ひし陵王の面《おもて》なれや

の二句だが、字余りの中でも注目を引くのは次の句、

花楓紺紙金泥経くらきかも

中九の作だ。そして、極めつけが掲句の六八六である。秋櫻子の場合、詩心の昂揚によって五七五の定型に収まらないことがまま生じるのだが、自身は、一音多いのは定型を破るほどではないとする。

秋櫻子の字余りに関して付け加えれば、『万葉集評釈』や『古今和歌集評釈』を執筆した窪田空穂について短歌を学んだ青春時代があり、『万葉集』の気息を十分に心得ていただろう。たとえば、

秋の野のみ草刈り葺き宿れりし宇治のみやこの仮盧《かりいお》し思ほゆ

右はまだ旅の余韻が残る中で詠んだ額田王の歌だが、非日常の体験で身も心も弾んだ思いを、「仮盧し思ほゆ」と字余りにして溢れるように表現する。同じ作者の、

熟田津《にぎたつ》に船乗りせむと月待てば潮もかなひぬ今は漕ぎ出でな

も「さあ、今こそ漕ぎ出そう」と、一挙に解き放たれたごとく出航する姿を字余り「今は漕ぎ出でな」と表現する。柿本人麻呂は、

楽浪《ささなみ》の志賀の大わだ淀むとも昔の人にまたも逢はめやも

「昔の人に逢うことができるだろうか、いやできはしない」と嘆きの深さを字余りで表す。また、藤原京を去り平城京への遷都の途で、女帝・元明天皇（文武天皇の母）は後ろ髪を引かれる思いで旧都を詠む。

飛ぶ鳥の明日香の里を置きて去なば君があたりは見えずかもあらむ

君とは若くして逝った夫の草壁皇子であろうか、「君があたりは見えずかもあらむ」（あなたのいらっしゃるあたりは見えなくなってしまうのでしょうか）と哀感を籠める。

「軽衣旅情」の字余りはこのようなことを学んだうえのことと思われる。だが、波郷は「守るべきこと」の題で「定型といふものは時に破つてもよいものではないのです。つねに守られなければならないのが定型なのです」と述べる。それぞれの考えのうえに立っての厳格な波郷、柔軟な秋櫻子の答だ。

樗咲けり古郷波郷の邑かすむ　『残鐘』

「軽衣旅情」の旅は別府発の船で九州を離れ、四国の松山へ移る。秋櫻子はここでどうしても見ておきたいものがあり、松山の城山に登る。眺めたのは生前に会えなかった五十崎古郷の旧居（旧・温泉郡余土村）と、今は身近にいる石田波郷の生家（旧・温泉郡垣生村）の方角である。

自分の許をひとたびは離れたものの、波郷はかけがえのない弟子であり、秋櫻子俳句の最大の理解者であった。

ひるがほのほとりによべの渚あり　昭和六年

と詠み、その後十九歳の七年二月号では「馬酔木」の巻頭を飾った。その後も昭和七年七月号ではのちに名句と称される、

プラタナス夜もみどりなる夏は来ぬ

を発表するなど若々しさに溢れた俳句で新興「馬酔木」の牽引車となり、翌年、俳壇で初めて敷かれた自選同人制では百合山羽公、塚原夜潮、瀧春一、篠田悌二郎、佐野まもる、高屋窓秋、石橋辰之助、五十崎古郷、相生垣瓜人、佐々木綾華とともに第一期自選同人となった。その後も、

バスを待ち大路の春をうたがはず　　昭和八年
あへかなる薔薇撰りをれば春の雷　　〃
スケートの父と子ワルツ疑はず　　昭和十年

などを発表した。

一方の五十崎古郷は愛媛で波郷の才能をいち早く認め、秋櫻子の許へ波郷を送り出すことに力を尽くした。上京前の二年間、波郷は古郷の居へ激しく出入し、膝を交え親しく教えを受けた。古郷なくしてはその後の波郷の活躍はありえなかったろう。

夕照るや枯れ立つ桑と雪の嶺　　昭和七年
金色の供華がまぶしき寝釈迦かな　　〃

などの古郷詠をその頃の「馬酔木」に見る。晩年は十年以上もの間、宿痾の肺結核と闘い、昭和十年九月五日に亡くなった。古郷の句について、「馬酔木」同年十一月号で波郷は次

のように記す。

古郷さんの俳句は殆どが自然を対照としてゐる。之を環境の故としてしまへば、それで簡単に一の理由づけとはなるが創作の野心と結びつけて考へると、文学は自然に始まり終局が又自然であり、古郷さんの創作の野心が虎視したであらう生活社会と、古郷さんが俳句の上で実際に表現した自然とが表現手段的に区別されてゐるのがわかるのである。自然を詠ふ俳句がだん〳〵高処に達しつゝあるとき、社会を視る眼がだん〳〵人間未来を観照する眼にうつつてきてゐるのである。これは創作に対する野心の変貌とみることができる。古郷さんの俳句が晩年急に宗教的なまでの透明を加へた因と考へられるのである。

また、「古郷さんは死んでしまつた。そう思ふともう僕は個人的な感慨の度深く落ちこんで行つて、誰に何を書くといふことも考へなくなつてしまふ」とも述べ、

古郷忌を人にはいはず日暮れぬる　『鶴の眼』

の句を残す。このような二人の師弟関係を秋櫻子は熟知し、古郷逝去後十七年を経て松山の城山に登り、掲句を詠んだのである。「邑かすむ」と感情を抑えた叙景に万感を籠めて

いるが、百万言用いたとしても胸中のことは言い尽くせなかったであろう。

花楓紺紙金泥経くらきかも　『残鐘』

「軽衣旅情」の旅は松山で一日過ごし、夕方高浜港で乗船して宇品に着く。その夜は広島泊り、翌日は宮島へ渡る。この句はその宮島の宝物館での作であり、細かい雨が降って館内が暗く、率直に「くらきかも」と表現した。館の窓には楓が枝を広げており、季語には「若楓」がよいと考えたが同時作、

若楓あはれ美しきもの残る　平家納経

に「若楓」を使いたいので、同じ季語を避けて掲句には「花楓」を配した。秋櫻子は平家の公達を思い浮かべると、美しい平家納経には「若楓」以上の季語は考えられないと、それを優先した。確かに、

花楓あはれ美しきもの残る
若楓紺紙金泥経くらきかも

と季語を逆にして並べてみると、前句では「花」と「美」が揃い、秋櫻子が避けた理由がわかる。掲句には「こんしこんでいきょう」とルビが振ってあり、中九となる。それほどに字余り感がないのは「ん」が二ヵ所にあるからだろう。

素朴なる卓に秋風の聖書あり

『残鐘』

昭和二十七年八月八日、秋櫻子を囲み、軽井沢の森の家に集ったのは石田波郷、相馬遷子、大島民郎、堀口星眠。秋櫻子は「高原初秋」の題のもとに十五句を詠んでいる。掲句は二泊三日の二日目、「九日午前、天主堂にて　二句」の前書のあるうちの一句。前日の深夜吟行会は十一時過ぎに始まり、午前二時頃に終わった。天主堂とは旧軽井沢銀座の一つ裏通りにある聖パウロカトリック教会のこと。チェコスロヴァキアのアントニン・レイ

モンドの設計を基に一九三五年に建立した教会で、堀辰雄の『風たちぬ』や『木の十字架』にも登場し、

簡素な木造の、何処か瑞西の寒村にでもありさうな、朴訥な美しさに富んだ、何ともいへず好い感じのする建物である。カトリック建築の様式といふものを私はよく知らないけれども、その特色らしく、屋根などの線といふ線がそれぞれに鋭い角をなして天を目ざしてゐる。それらが一つになつていかにもすつきりとした印象を建築全体に与えてゐるのでもあらうか。

（『木の十字架』）

と辰雄は描写する。庭隅には見落してしまいそうな中村草田男の句碑「八月も落葉松淡し小會堂（チャペル）」も立つ。

俳句は小説と違い十七音しかない。その音数で何かを言おうとするならば多くのことを言外に置き、読者の想像力に託す必要がある。掲句では素朴な卓であることはわかるが、何処にあって何の卓なのかを省いている。句集を紐解けば前後の句から場所が軽井沢の教会であることがわかる。しかし、掲句自体を鑑賞するときに具体的な場所は何ら必要がない。教会であることが推測できればそれでよく、対象の本質を摑むために不必要なものは表現から削っている。他のものを省き、「卓」と「聖書」のみを直視した結果、素朴な卓

とその上に置かれた聖書はキリスト教そのものを表すこととなった。

掲句について、秋櫻子は長崎で見た天主堂とは違って、祭壇も絵硝子も簡素なものと書き残しているが、その感想をそのまま俳句にしている。掲句はその前の「軽衣旅情」の旅があって生まれたという側面を持つ。

昭和二十四年、遷子、星眠、民郎らが出会い、高原の景物を詠んだ作品群が高原俳句の濫觴となった。東京を始めとした都会はいまだ戦後の混乱の中にあり、日々の都会生活に追われている者にとって、清々しく新鮮に青春を謳いあげた高原俳句はカタルシスとなり、憧れとともに馬酔木高原派と称されるようになった。秋櫻子にとってこの旅は高原派の勉強を実際に肌で確かめられるよい機会であった。

その後、療養俳句、職場俳句、寺社俳句、野鳥俳句、山岳俳句など俳句の素材を広げる動きが「馬酔木」では盛んになっていった。もちろん、野鳥俳句は戦前から詠まれていたし、山岳俳句も前田普羅や石橋辰之助によって戦前より詠まれてはいたが、広く多くの俳人によって詠み出されたのである。俳句が在来の枠を越え、屋外に広く場を求めて詠み出されたと換言してもよい。

露けさの弥撒のをはりはひざまづく

『残　鐘』

前掲句の翌日の作。この日はちょうど日曜日であった。そこで朝の弥撒を見学しようということになった。キリスト教では信者以外の者も拒まず堂内に招き入れてくれる教会がほとんどである。まだ露けさの残っている天主堂に信者が集まり始めていた。避暑客が多く、その中に地元の人や外国人がまじり、みな服装を正していた。

やがて鐘が鳴って、堂外にいた人は堂内にはいった。全部で百名をすこし超えているようであった。私達は入口ちかい隅のところに立っていた。

弥撒はしずかにはじまった。はじめて見るので、すべてめずらしく思っているうちに、一時間ほどで終りになった。一同が椅子の前にある小さな台にひざまずき、祈りをささげるのである。そのひざまずくときの音は不揃いであるが、決して雑然たる感じではなく、敬虔の気分がただよっていた。

と秋櫻子は記す。
堀辰雄の『風立ちぬ』では日曜日の弥撒の一端を描いたあと、次のように書く。

信者でもなんでもない私は、どうしてよいか分らず、ただ、音を立てないようにして、一番後ろのほうにあった藁でできた椅子にそのままそっと腰を下ろした。が、やっと内のうす暗さに目が馴れてくると、それまで誰もいないものとばかり思っていた信者席の、一番前列の、柱のかげに一人黒ずくめのなりをした中年の婦人がうずくまっているのが目に入ってきた。そうしてその婦人がさっきからずっと跪ずき続けているらしいのに気がつくと、私は急にその会堂のなかのいかにも寒々としているのを身にしみて感じた。……

それから小一時間ばかり弥撒が続くのだが、跪ずく姿を辰雄は印象深く書いている。同じように、秋櫻子の心にも「ひざまづく」姿が強い感動を与え、その動作のみに焦点を絞る。掲句の中七下五の表現は素直に頭の中に浮かんだと言うが、弥撒の終わりの一動作を通し、信仰そのものを見事に切り取った。

菜の花の一劃一線水田満つ　『帰　心』

昭和二十年代後半、八王子に住んでいた秋櫻子は仕事で横浜方面に出るときは横浜線を利用していた。その頃の横浜線は忘れられたような支線で、駅付近にも人家は疎らで、小机駅の北側は何と一面の田圃であり、このような景があった。駅を出て菜の花を間近で見たわけではない。待ち合わせで五分ほど電車が小机駅に停車することがよくあり、その車中で眺めている。やや離れた視線からは一劃を成しているところがある、一線を作っているところがあると「一劃一線」の表現に落ち着く。後の句集に、

一劃の花菜岩礁を前にせり　『殉　教』

があるが、これもやや離れて眺めている景であろうか。

掲句は幾何学的に処理されているが、同じ景を詠んだ句に、

べたべたに田も菜の花も照りみだる　『霜　林』

が二つ前の句集にある。こちらの方は光と色彩が切口になっている。同じ景を詠んでも趣が異なるのが興味深い。

当時は田圃の向こう側には暴れ川だった鶴見川の堤防が横たわっていたが、今は家並や自動車道で隠れて見えない。現在の小机駅周辺ではサッカーの試合で有名な横浜国際総合競技場（現 日産スタジアム）の偉容が目立ち、田園風景は失われた。いざという時には堤防とともに、スタジアムの一階部分とそれに隣接する新横浜公園が多目的遊水池として用意されている。実際に平成十六年の台風二十二号の折は史上一番の、二十五年四月の豪雨では史上二番目の流入量を遊水池で記録し、巨大な池が出現している。

その時代でしか詠めない景があることをこの句は教えてくれる。

山櫻雪嶺天に声もなし　『帰心』

現在一般的に俳壇の多くの結社で行われている、同人会員が主宰を中心に一ヵ所に集い、同じ景に向かって競吟する鍛練会は昭和二十八年に谷川温泉で開かれた馬酔木鍛錬会を嚆矢とする。会場の金盛館に集ったのは九十余名だった。掲句を詠んだ所は谷川岳の俎嵓（まないたぐら）を正面に望む地で、流れる雲もなく、風も吹かず、ただ山桜が満開の時を迎えていた。その会で石田波郷は、

ひそと青し櫟林にあそぶ子は
山越の鴉こゑなし花辛夷
おほらかに山臥す紫雲英田の牛も
朝鳥や菫繞らす切株に
雪嶺の覗く苗代かぐろしや

と詠んだ。第五句と掲句を比べると、師弟の詩質の違いが見えておもしろい。

妻病めり秋風門をひらく音　『帰心』

しづ夫人は痩せてはいるが丈夫な体質で病にかかったことはほとんどない、と秋櫻子は

幾つかの文章で綴っている。

家人の微恙、漢方薬にて忽ち治癒す

陳さんの処方の験や牡丹の芽　『殉教』

という句も残る。その夫人が倒れられたのだから秋櫻子も気が気ではなかったろう。心細さは『帰心』の「妻病む」の項に次の七句を残していることからも窺える。

百舌鳥来鳴き夜明の妻は病めるなり
妻病めば虫おとろへて愁夢夜々
妻病めば秋霖さむく餘生濡る
妻病めり秋風門をひらく音
妻病めり秋鮎を煮て楽しまず
妻癒えて良夜我等の影並ぶ
妻癒えて有明月に額しろし

このように生の感情があらわれている秋櫻子の作は珍しい。だが、これらの句が生まれたことにより、その後の秋櫻子の日常吟の新しい幅となってゆく。たとえば第六句ならば、

影ならぶむかしながらの月の下　　　　『うたげ』

「結婚六十年記念」の前書のあるこの句のように。

掲句の時は幸いにして十日ほどで夫人はなおられたが、その間、秋櫻子は庭に出ることもなかった。しかし、来客はあるのだから、門の扉だけは鍵を掛けず、開くのを小石で押さえていたが、強い風が吹くと音を立てて開いてしまうのだった。

掲句は右のことを詠んでいるのだが、注目すべきは秋風を「しゅうふう」と読ませ、「あきかぜ」と読ませていないことだ。秋櫻子は調べに細かく心を砕いたが、「あきかぜ」では夫人が病に倒れられた不安や一抹のさびしさを表し尽くせない。調べに心を乗せると言った秋櫻子の面目躍如たる作である。

冬紅葉海の十六夜照りにけり　　　　『帰　心』

昭和二十八年十一月二十二日、門弟の招きで広島県の大長島を訪ねた。宇品港から船に乗り、一時間余で平清盛が切り開いた音戸の瀬戸に着く。その音戸の瀬戸から大長島までさらに三時間余りかかった。大長島はことごとく蜜柑畑とも言えるほどで、気候が温暖な島だった。

掲句は門弟の家の二階の応接間から見た景で、「この夜、月明なり」の前書がある。硝子戸越しに瀬戸の島々が浮かび、冬の十六夜の月が次第に輝きを増しつつ、一片の雲もない空に上ってきた。秋の十六夜と違い、濁りのない透徹な月の光を詠んだ作からは秋櫻子の美意識が直に伝わるとともに、「海の十六夜」の省略の見事さも味わえる。

庭畑もいざよふ月の花蜜柑　『餘　生』

は掲句から二十年経った同じ場所で詠む。

掲句を読むと『徒然草』第百三十七段の、「花はさかりに、月はくまなきをのみ、見るものかは」に思いが及ぶ。満開の桜や輝く満月だけを追いかけるようでは美に対するセンスがないと兼好法師は言う。それに加え、誰もが認める秋の月の美しさだけを追っているようでは、月の美の奥深さに気づかないのではなかろうか、とこの句は教えてくれる。

湯婆や忘じてとほき医師の業

『帰　心』

雪が降ると八王子の家では雪が凍りつき、一週間は解けずに残った。昼間の冷え込みが夜まで続き、湯たんぽを使うことになる。

家業の病院を継ぐために医師になったが、自分では医学に向いてない素質と秋櫻子は考えていた。戦災で病院が消失すると、俳句に専心することを思い始めた。そして、昭和二十九年には医業からまったく離れるようになった。

この句はその昭和二十九年の作であり、湯たんぽに温まりつつ寝付くまでのひと時、過ぎし方を思い出しているのだろう。「湯婆」を配したことで、その思い出もほのぼのとした温みを感じる。また、俳句にかける秋櫻子の今までの熱意を思う時、「忘じてとほき医師の業」には悔いや未練の思いはない。

医師を題材にした次の句も秋櫻子の医業に対する思いが滲み出ていて忘れ難い。

君は誰ぞと医の友問ひぬ年忘　　『玄　魚』

医の友等いづこにつどふ年わすれ　『蘆　雁』

前句は東大の医学部同期生の忘年会である。秋櫻子はこういう会に余り出席しなかったことがわかる。また、医学界では年一度の春の学会が恒例になっている。その医学会については、

学会の春や医の友来て嘆く　『玄　魚』

学会はじまる

喜雨亭の春睡みだす医客あり　『蓬　壺』

知らせ来ぬ春やむかしの医学会　『殉　教』

春睡やわが世の外の医学会　〃

昭和三十五年頃までは東京に学会があると出席のついでに訪ねてくる人もいたというのが第一句と第二句、それもなくなったというのが第四句。

瀧落ちて群青世界とどろけり　『帰　心』

那智神社の境内に那智の滝が正面から見える一角があり、そこでの作。

咲き満ちて櫻撓めり那智の神
山杉の群青瀧のけぶり落つ
瀧落ちて群青世界とどろけり

と前二句に続く。滝の左右に続く原始林はちょうど芽が伸びたばかりで、全体が群青色となり滝が最も美しく見える時季だった。直前の句の「群青」を超克し、「群青世界」と秋櫻子はそれを捉えた。一年前、平泉の中尊寺金色堂で「金色世界」の言葉で説明を受け、

青梅雨の金色世界来て拝む　『帰　心』

と詠んだが、そのことを思い出しての造語「群青世界」である。作句時に少し考えたと述べるが、「群青世界」という気の漲った言葉に「とどろけり」の力強さが一つに調和し、

滝の壮大さを余すところなく描いた。
同じ那智の滝を詠んだ高浜虚子の句に、

神にませばまこと美はし那智の滝

があるが、この句は滝に神を見る日本古来のアミニズムの信仰が言葉に現れたものと考える。同じように秋櫻子の「群青世界とどろけり」にもその味がないとは言えない。違いは芸術、殊に美術に対する秋櫻子の関心が「群青世界とどろけり」の表現に加味されている点であろう。

菓子買ひに妻をいざなふ地虫の夜　『玄　魚』

一般的には「地虫鳴く」と使われる季語だが、「地虫の夜」のように結構アレンジして使われる季語でもある。たとえば、

地虫きゝ夜ふけの廈をいぶかしむ　石田　波郷

ありあけの酔歩つまづく地虫かな　角川　源義

地中にいる昆虫やその幼虫を地虫と呼ぶのだろうが、しかし、これらの虫は発声器もたないものがほとんどなので、そこからこの季語は「螻蛄鳴く」を指すとする見方もある。俳句では「亀鳴く」や「蚯蚓鳴く」のように想像力を駆使して作る季語は珍しくない。だが、掲句はそのようなことなくリアリティをもって詠んでいる。

西荻窪の自宅から荻窪駅までは散歩にちょうどよい距離だった。また、駅周辺には美味しい洋菓子を売る店があったので、それを買ってきて珈琲をいれるのが秋櫻子の楽しみだった。その頃の散歩道には商店はなく、家々は早々に門を閉じてしまうので、地虫の声が心なしか心細く聞こえるようだったという。

粕汁にあはれや酔うて宵寝する　『玄　魚』

一盞に月ゆがむなり岩魚酒　『晩　華』

に明らかだが、秋櫻子はアルコールを受けつけない体質だった。そこでもっぱら菓子を好み、買いに出るのも自然のことであった。

喜雨亭に佳き酒にほふ年の暮　『蓬　壺』

という句が残る。毎年年末になると門弟である広島の蔵元が酒と酒粕を送ってくる。酒粕は前述の句の粕汁にして、酒は正月の賀客にすすめるのだった。酒飲みの弟子がこの佳酒を狙って喜雨亭に来るという逸話も残っている。

辛夷咲き善福寺川縷の如し　『玄　魚』

善福寺川は神田川の支流のひとつで、東京の杉並区にある善福寺池を源とする。杉並区の中央部を西北から東南に蛇行しながら川は流れ、地下鉄の中野富士見町駅付近で神田川と合流する。普段は縷々としている流れであるが、古くから台風や豪雨で氾濫を起こす川としても知られていた。しかし、周辺の都市化とともに善福寺池に流入する水量が激減し、作句当時の善福寺池近くではほとんど流れがなかったが、放水事業が平成元年から始まり、現在は善福寺川の水量も改善された。

掲句を含む昭和三十一年作の「山河はあれど」の項には最上川や潮入池などの句もまじる。掲句の場合は以前に見た景を机前で捻り出したというより、距離的にも家から近く、散歩がてらに善福寺川を訪ねたとみる。次の項を併せて見ると、

杉並区水田のこりておぼろなり
額萌えぬ善福寺川を隠さむと
蜻蛉うまれ善福寺川池をいづ

ほかに自宅近辺の素材が散見される。

月山の見ゆと芋煮てあそびけり

『玄　魚』

最上川と蔵王山に吟行した折の作。「山形には『芋煮』といへる行楽あり。芋、肉、酒等を携へて山野にあそび、秋晴の一日を興ずるなり」と、芋煮の説明と言ってもよい前書が置かれている。今では全国版のニュースでも芋煮会の場景は伝えられるが、作句の昭和

三十一年当時は山形県外、やや離れた関東ではそれほど知られた行楽ではなかった。

芋煮会は十月の晴れた日に、山形市内を流れる馬見崎川の河原に鍋釜を据えて行うのが知られているが、東京から新幹線に乗って指定の場所に行けば、準備をすべて請負い待っていてくれる業者も今は現れた。

掲句のあとには、

湯の宿の芋煮やのこす客ひとり

が続いている。秋櫻子は河北町谷地に泊り、最上川の早房の瀬に遊んだあと山形市内を経て、斎藤茂吉の墓のある金瓶の宝泉寺を訪ね、上山温泉に入った。芋煮会は車中の話で聞いたのみで経験はしていない。芋煮の材料として前書には芋と肉をあげるが、それのみでは十分でない。

上山で泊まった宿は今も武家屋敷に近い丘の上で事業を広げて構えているが、その日は夕方まで休業し、家族で芋煮会をしていたということだった。河北町谷地から上山への移動の車中で月山を仰いだのだろうか、見聞したものごとの中から、山形県人が誇りとする月山と芋煮（会）を配合したわけである。

季語としての「芋煮会」を調べると、昭和四十八年発行の『圖説俳句大歳時記』（角川書店）には「秋興」の傍題として載るが、例句はない。六十四年発行の『日本大歳時記

（愛用版）』（講談社）には「最近、季題として採り上げられるようになった」とある。この句は三十一年作、秋櫻子は進取の気性に富む一面を持っていた。

その墓に手触れてかなし星月夜　『玄　魚』

昭和三十一年十月、能登周遊の旅で輪島市南時国にある時国家を訪ねる。平清盛の妻・時子の弟・平時忠は壇ノ浦の戦の後、現在の珠洲市大谷の谷間に流されたが、源頼朝の死後は南時国に移り、時国の姓を名乗った。秋櫻子一行が時国家を訪ね終え、大谷峠を越えようとした時、この谷間に時忠一族の墓があると案内人が言い、懐中電灯一本を頼りに墓を探すことになった。「大納言時忠の墓に詣でむとて、峠路の谷間にくだるとき、磯の方をかへり見て」の前書で、

秋薊磯の残照あな淡し

と詠んでいる。続いて、

稲の香とおもふや闇のそよぎをり
落し水こゝにせゝらぐ道くらし

と詠む。時忠一族の墓十五基（秋櫻子の句では十一基）は大谷の集落から海岸を離れ、二キロほど国道添いに入った森蔭にある。一行はたちまち秋の闇に閉じ込められ、墓を探すどころではなくなってしまった。困っているところに闇の中から不意に声を掛けられた。それがこの谷に住む則貞家の当主だった。五分ほどして当主は提灯を持って戻って来た。次の句は「墓をたづねあぐむ折柄、この谷に住む則貞家の当主、追ひきたりて案内さる。その提灯にゐがかれしは、まさしく平家の紋どころ揚羽の蝶なりき」の前書を置く。

稲架照らす提灯の紋ぞ揚羽蝶

さらに、

時忠一族の墓

霜待つや輪塔苔の十一基
その墓に手触れてかなし星月夜

と続く。則貞家もまた時忠の末裔だった。「一門にあらざらん者は皆、人非人なるべし

(平家にあらずんば人にあらず)」と栄華を極めた時忠であったが、後半生は時の幕府の権力に脅えながら、この谷間で生きぬいたことを偲びつつ墓に手を触れたのが後句である。

馬酔木咲く金堂の扉にわが触れぬ　『葛　飾』

若々しさの満ちた心で金堂の扉に触れた秋櫻子からすでに三十年近くが経っていた。

磯魚の笠子魚もあかし山椿　『蓬　壺』

笠子魚はわが国の暖い海域に生息し、防波堤や岩場などで比較的簡単に釣れ、根釣の対象魚として馴染みが深い。笠子魚の棲む領域は海岸近くから水深二百メートルくらいまでであるが、海域の浅いところに棲む種類は岩や海藻に合わせた褐色をしているが、深いところに棲むものは鮮やかな赤色をしている。赤色光は深海まで届かないので赤色は保護色となり、敵に見つかりにくくなるためである。

掲句は伊豆の八幡野の景である。雑誌「釣り人」の俳句会の人達から聞き、「釣り人」

の記事で読み、八幡野の磯釣が作句にもよいことを秋櫻子は以前より知っていた。二月中旬、伊豆めぐりの吟行会に誘われ、八幡野行の機会が訪れた。現地では磯釣をしていた釣人と話す機会を得たのだが、今日は一匹も釣れないと言う。石鯛や舞鯛どころか、べらや虎魚の外道も釣れないと言う。それには秋櫻子も閉口した。八幡野のバス停留所から八幡野漁港に降りて来る際、山椿が咲いているのを車中から見て掲句ができていたからだ。付け加えるように、笠子魚が釣れるかと聞くと、外道中の外道だが、この季節でも随分多く釣れると答えてくれた。

八幡野一帯は天城から流れ出した溶岩でできた断崖で、その下の海は急に深くなっており、磯釣の名所になっている。伊豆急行・城ヶ崎駅へ向かう城ヶ崎自然研究路を歩くと天気のよい日には磯釣を楽しんでいる人をよく見かける。空と海は一面をなして碧く、波が岩に白く砕け散っている。掲句は笠子魚の朱色と山椿の赤さが燦々と照り合うのを詩因としており、海底が切り込むように急に深くなる八幡野一帯の断崖下の特徴を笠子魚の色で表している。掲句の色合いは日本画というより洋画の色彩だろう。

伊豆高原駅から対島川に沿って設けられた遊歩道を海に向かって歩み、一キロメートルほど行くと対島の滝に架かる橋に着く。そこで道は左右に別れるが、大淀小淀の岬や八幡野漁港へ行く自然研究路を取ると岬の入口の小さな広場に出る。その広場の中心に松に囲まれ、脇に椿が構えた掲句の秋櫻子句碑が堂々と建つ。そこから五十メートルで橋立の吊り橋、さらに辿ると、秋櫻子が訪ねた八幡野漁港に至る。自然研究路は自然なかたちで整備され、周囲の景は掲句当時とほとんど変わらない。

龍膽や巌頭のぞく剣岳　『蓬壺』

標高二千九百九十九メートルの剣岳は北アルプス（飛驒山脈）北部の立山連峰に立つ。日本百名山のひとつであり、わが国では数少ない氷河が存在する。氷河に削り取られた懸垂氷食谷は「窓」と称し、「大窓」「小窓」「三ノ窓」と呼ばれる。峻険さゆえに登山者に人気のある山だが、冬季の登山は豪雪が加わり、多くの遭難者を出す山でもある。また、信仰の対象として剣岳は天手力雄神のご神体でもある。

剣岳には立山黒部アルペンルートの室堂ターミナルから登るルートがある。秋櫻子は八月十八日に弥陀ケ原ホテルに泊まり、翌日はホテルから四時間歩き、アルペンルートの途中の天狗平を近くして次の句を詠んでいる。

高嶺草夏咲く花を了りけり
ちんぐるま湿原登路失せやすし
龍 膽 や 巌 頭 の ぞ く 剣 岳

付近には湿原がひらけ、いくつもの小さな池が湛えていたというが、いわゆる餓鬼の田である。「これほど澄みきった山の空気にふれたことは、これまでに一度もなかった」と記すが、現在の立山黒部アルペンルートは上高地や乗鞍スカイラインと同様に一般車の運行を禁じており、清浄な山の空気は当時とまったく変わらない。

天狗平に立つと、正面に雄山から別山に亘る堂々たる山塊が見え、その山塊の左手に巌のみからなる鋭い嶺が覗くが、それが剣岳である。掲句について秋櫻子は感激が十分に表れていない気がして、満足することができないが、結局材料が立派すぎたのであると述べる。しかし、現地に立つと、剣岳の神々しさにこれ以上の表現はないと納得する。

立山高原ホテルから歩いて十数分のところに掲句を刻んだ巨石がある。湿原の細道を歩いてゆくと、自然石がごろごろしている場所に出る。このようなところに句碑があるのかと考える間もなく、巨きな自然石に三日がかりで刻んだという掲句が眼に入る。句碑としては珍しい形で類例を見ない。

石蕗にねむるミカエル弥吉ガラシヤまり　『蓬　壺』

掲句は長崎港外の伊王島の馬込天主堂での作だが、この折の教会吟行はその前に長崎市内の浦上天主堂から始まる。

残壁に日輪高く麦蒔けり
残鐘や離れもあへぬ冬の蝶

この浦上作二句の翌日が伊王島吟行である。吟行は五島灘を見渡すように島の北端の断崖に立つ灯台を見学の後、一見倉庫と見間違えるような傾きかけた木造の古い天主堂の大明寺公教会に寄り、次の句をさずかる。

冬菊やイエズスさまに屋根漏る日
水仙やおん母まつるいくとせぞ
潮錆びの鐘見あげては笹鳴けり

次の馬込天主堂では背後の丘に信徒たちを葬った墓地があった。墓標には耶蘇名と享年が誌されていた。信徒の生前の生業は漁業関係が占め、気候に恵まれた島らしく高齢で亡くなった人が多かった。

聖玻璃に海光もゆる枇杷の花
冬御空老いて召されしもの多し
石蕗にねむるミカエル弥吉ガラシヤまり

これらの句は馬込天主堂に立ち、時間を置かずにできた句なのだろう、素直に表現されている。わが国の習慣では洗礼名、世俗の氏名の順に記名し、洗礼名をミドルネームとして扱わないので、墓標には洗礼名とは別に姓が誌されていたかもしれない。また、明治八年にすべての日本人が名字を名のるよう定めたが、それ以前の明治期の墓とも考えられる。五島列島の隠れキリシタンの墓にそういうものがあった。どちらにしても、この句では姓が省かれていることにより、信仰心篤い庶民の姿が一層浮かび上がってくる。

冬凪の艪の音きこゆ懺悔台
冬藻焼く香のたゞよひて堂わびし
額枯れて明治の煉瓦あらはなり

右の句はそのあとに寄った神之島の天主堂での作。その天主堂が余りに寂しい有り様だったので、秋櫻子はその寂しさのまま今日の吟行を終えることを惜しみ、大浦天主堂へ向かう。

冬薔薇や秘めてをがみし観世音
踏絵見て嘆けば窓の日短し
綿虫のうかびて灯る司祭館

現在、世界遺産の最有力候補に挙がっているほど、長崎の教会群は文化的価値がある。六十年前の長崎の教会群巡りに秋櫻子の先見の明が窺える。

鰹船来初め坊の津の春深し　『蓬壺』

坊津は鹿児島の薩摩半島南西部にあり、大陸との貿易で栄えた港である。遣唐使船の南路の寄港地となり、天平時代には鑑真が六回目の渡航に成功して近くに上陸した。遣明使の寄港地、倭寇の拠点ともなり、一五四九年にはフランシスコ・ザビエルが日本にやって来るが、本土に上陸したのがこの坊津である。

江戸時代には薩摩藩の密貿易の港となり、密貿易の取り締まりが厳しくなると、鰹の漁業と産業の地に転じていった。

坊津と呼ばれるようになったのは宣化・欽明天皇の時代、百済に仕えていた日羅が龍厳寺（一乗院）を建てて、仏教と密接な関連を持った地となったためである。

仏教では僧になるためには戒律を守ることを誓う必要がある。奈良時代に入ると戒律の重要性が認識され始め、授戒のできる僧をわが国に招聘することが必須になった。鑑真の許にその相談が来たが、渡日の希望者がなく、鑑真本人が渡日する決断に至った。

鑑真は上陸した六日後、大宰府の観世音寺に接する戒壇院で初の授戒を行っている。授戒の儀式には三人の師と七人の証明師（三師七証）のほか、準備に十人ほどの僧が要る。鑑真は二十四人の僧を引き連れて海を渡って来ており、来日早々に授戒ができた。翌年、奈良の東大寺大仏殿前に戒壇を築き、その後、唐招提寺を創建し、戒壇を設けている。

現在、坊津にはわが国の律宗の開祖・鑑真の上陸を記念して鑑真記念館が建つが、掲句との関連で言えば、鑑真が上陸の一歩を印した地であることがことに重要であろう。思い出していただきたい、秋櫻子の第一句集『葛飾』の劈頭の句が、

唐招提寺

なく雲雀松風立ちて落ちにけむ

であることを。とうとう鑑真が第一歩を印した地に立った思いで秋櫻子の心は満ち溢れていたことであろう。

木の実降り鵯鳴き天平観世音　『蓬壺』

桜井市の南方にある「聖林寺」の前書がある。同寺は奈良の観光地からはややはずれ、奈良盆地を見下ろす小高い丘にある。地蔵菩薩を本尊としているが、国宝の十一面観音立像が在すことでも知られ、掲句はその観音を詠んだもの。観音は客仏であり、もともと大神神社神宮寺の大御輪寺の本尊であったが、明治の神仏分離令発令の際に聖林寺に移された。この寺の再興の祖が大御輪寺の長老・慶円上人であることも移されたことと何かの縁があるのだろう。明治になってアーネスト・フェノロサがこの像を見て激賞し、知られるようになった。『古寺巡礼』では和辻哲郎が天平彫刻の最高傑作と称えており、秋櫻子もこの書からこの仏の存在を知った可能性が高い。

　掲句が作られた頃は観音堂がなく、本堂の片隅に胸部から上のみを拝めるように観音が安置されていた。昭和七、八年のことだが、白洲正子著『十一面観音巡礼』では、本堂の本尊の隣の部屋の粗末な板囲いの中にお立ちであり、膝から下が見えず、あけていただいた雨戸から差し込む光に浮かび出た観音を正子は拝んでいる。それから約二十五年後に訪ねた秋櫻子の場合もほとんど様子は変わっていない。現在は同寺を入ると、まず本堂に安置されている本尊の地蔵菩薩の前に進み、そのあとに別棟の観音堂へ向かう。

　観音は天平時代、造東大寺司に属する工房で造られた。「流るる如く自由な、さうして均整を失はない、快いリズムをあたえている」と和辻哲郎は言うが、本体や指先、天衣に流れるような曲線が多用され、背丈百九十六センチに対し頭部が十九センチ六ミリと、計算された細かな均整がなされている。秋櫻子は、

乾漆の皺はしる眉も露けしや

と掲句に続いて詠むが、確かに眉に皺がはしる。明るい観音堂に移られたのちの観音の皺については、正子も落剝が目立つと述べている。秋櫻子は半時間ほど観音の前に坐していたというが、暗いなかで細かい点も見逃してはいない。

猿酒にさも似し酒を醸しけむ　『蓬　壺』

秋櫻子は聖林寺で前掲句を作り、明日香村に向かう。

蝗飛び日は暈着たり石舞台
猿酒にさも似し酒を醸しけむ

と句集では並ぶが、前句が石舞台、後句は酒船石を詠んでいる。酒船石は小高い丘の上にある花崗岩の石造物、表面に皿状の窪みとそれを繋ぐ溝が刻まれている。酒を造る道具、薬を造る道具、天文観測の道具、水を引いた庭園の施設ほかの説がある。掲句では「けむ」と表現し、猿酒にさも似た酒を醸したのではないかと過去の推量で結んでいる。

作句時の酒船石への径は決して歩きやすいとは言えなかった。林の中のでこぼこした細い坂を登ると、竹幹が覆いかぶさり、竹の葉が酒船石の上に散り敷いていた。当時としてはリアリティ十分な掲句の内容である。

猿が奥山の木の洞や岩の窪に蓄えておいた山葡萄や通草などが、雨露によって自然に発酵した酒を猿酒と言う。狩人や樵などが山中で見つけることがあり、発酵して味が良いと言うが、空想をまじえた俳句の季語である。滝沢馬琴の『椿説弓張月』の豊後由布岳のくだりにも出てくるが、南方熊楠は中国の話がわが国に伝わったものと説く。猿酒は果実を原料とした酒のことをも言う。澱粉質の多い果実を発酵させて作る酒を、米や麦を原料とする通常の日本酒と区別して猿酒と称する。かなり甘みの強い酒であり、市販品にも「丹波さる酒」と称する酒がある。

平成十二年に発掘発見された亀形石造物と小判形石造物及び周辺の湧水導水遺構とともに、現在は酒船石遺跡と呼ばれるようになったが、酒船石のみは従来と変わらず自由に見学できる。こぎれいに整備された酒船石の前に立ち、掲句を脳裏に浮かべると時代の変遷を思わずにはいられない。

この遺跡は多武峰の両槻宮の入口の施設とする見解が有力だが、同宮は斉明天皇の宮である。明日香村には石造物が多いが、その大半が同天皇の時代に造られたと考えられている。天皇は大変な工事好きで水工に溝を掘らせ、水路は香久山の西から石上山にまで及んだ。舟二百隻に石を積み、流れにしたがって下り、宮（板蓋宮）の東側の山にその石を積み上げて垣を築いた。渠の工事に動員された人夫は三万人を超え、垣の工事にも七万人余の人夫が使役された。人々は口々にこれを「狂心の渠」と呼んで一様に非難したと『日本書紀』は記す。

現在、発掘調査でそれらは確かめられつつあるが、石造りの都と呼ぶに相応しい景観であったろう。飛鳥はその当時の都であり、政治の中心地である。国家的儀式を挙行し、国内外の使節や賓客をもてなす場であった。立派な庭園を築き、やって来る大陸の使節に権威を示すためにもそれら多くの石造物は造られた。たとえば、宮殿に付属する庭園の跡「飛鳥京跡苑池」では平成二十五年十一月に池面にせり出した木造の施設が見つかっている。そのテラス状の施設では宴や儀式などの催しが行われていたと推測されている。飛ぶ鳥の勢いであった在りし日の飛鳥の都を想いつつ掲句を鑑賞すると、人の世の変遷の奥深さを感じるだろう。

うまし国大和の秋に鬼の跡　　『蓬　壺』

前掲句から数えて六句目に置かれている。前後は、

亀石に渦奔らしむ穂田の風

うまし国大和の秋に鬼の跡
石の名の残る虫より哀れなる

と並ぶ。明日香村には鬼の俎、鬼の雪隠と呼ばれる花崗岩で作られた大石がある。遊歩道を挟んで高台にある鬼の俎とその麓にある鬼の雪隠は古墳の盛土がなくなり、ひとつの石室を構成していた底石と石室が二つに分かれてしまったもの。この辺りに鬼が棲んでおり、道行く人を捕らえては食べたという言い伝えが残る。秋櫻子が掲句を作った頃は酒船石、鬼の俎、鬼の雪隠、二面石、亀石などは飛鳥の謎の石造物と言われ、それぞれに物語が伝えられていた。また、『万葉集』には舒明天皇の御製、

大和には　群山あれど　とりよろふ　天の香具山　登り立ち
国見をすれば　国原は　煙立ち立つ　海原は　鷗立ち立つ
うまし国ぞ　蜻蛉島　大和の国は

がある。掲句は右の御製と物語の鬼を上手に組み合わせて一句にしている。「うまし国」とは立派な国、素晴らしい国という意味、「蜻蛉島」は大和に掛かる枕詞だが、『万葉集』を自家薬籠中の物にしていた秋櫻子ゆえに生まれた発想と言える。

渦群れて暮春海景あらたまる

『旅　愁』

鳴門海峡の渦潮を芯に詠んだ「鳴門」と題した十二句のうちの一句。渦潮は干満の差が最も激しい春の彼岸の前後が見頃であり、その渦潮の激しさを観察する旅であった。掲句は大毛島の展望台から見た景である。待つこと二時間、紀伊水道から播磨灘に向かう潮が白く泡立ち始め、大小無数の渦が生まれ、海景が今までとはまったく異なって見えた。その激しさを「暮春海景あらたまる」と表現し、大景の中の渦潮を描いている。

海潮のこゑあげ迫り霞みたり

遠潮も渦押し流す松の花

が掲句の前に置かれる。激しい渦潮が生じていても、凪いでいる時は海峡に霞が籠めることがあり、

渦潮の霞に鳴れり船も鳴る

山口　草堂

の句もある。「観潮（船）」と並んで「渦潮」は春の季語だが、秋櫻子は季語「渦潮」をその折はまったく使っていない。同時作に、

若布刈舟出でて飛燕の土佐泊

若布干す香にむせびけり土佐泊

の句があるが、「土佐泊」は高知に泊ったことではなく、任地の土佐から都に帰る時に紀貫之が寄港した土地の名で、次のように『土佐日記』の中に出てくる。

おもしろき所に船を寄せて、「ここやいづこ」と問ひければ、「土佐の泊」といひけり。昔、土佐といひける所に住みける女、この船にまじれりけり。そがいひけらく、「昔しばしありし所のなくひにぞあなる。あはれ」といひて詠める歌、

年ごろを住みしところの名にし負へば来寄る波をもあはれとぞ見る

とぞいへる。

鳴門の一漁村で、現在の地名で言えば徳島県鳴門市鳴門町土佐泊浦となる。

行春や娘首の髪の艶　『旅愁』

前掲の句と同じく「鳴門」と題した十二句のうちの一句。

燕来し簷や浄瑠璃人形師
行春や娘首の髪の艶
芍薬にお染は活きて眼をひらく
詰の眉おろかに太し鳴く蛙

と続く。浄瑠璃人形師の名は句集からは直接にはわからないが、作句の昭和三十四年当時、秋櫻子と対峙できる人形師は四代目大江巳之助しかいない。自句自解を開くとやはり巳之助の工房見学であった。

巳之助は鳴門出身の代々木偶作りの四代目。人形師・天狗久に教えを乞い、その後、文楽座座付きの人形細工師になった。だが、文楽座は昭和二十年三月の大阪大空襲ですべての人形を失ってしまった。その時点で首（人形）の製作者が現実として巳之助一人になっていたので、主役はもとより端役にいたるまですべての首を作ることになり、数年間で三百首以上を仕上げた。

平成三年の時点で国立文楽劇場が所有する首は約四百、そのほとんどが巳之助の作であった。人形遣いの吉田文雀は「長い浄瑠璃の歴史の中で、現在ほどかしらの揃っている時はないと思う」と巳之助の苦労に感謝しているが、舞台で使われる首のすべてが同じ作者のもので占められるのは長い浄瑠璃の歴史でも例がない。

巳之助の首（人形）は過去の誰の首よりも遣いやすいと言われる。巳之助の考えは、首は「役者さん（人形遣い）の手に合うことが第一」であり、「役者さんみんなが私の師匠」であった。

その日は道に面した狭い工房で、八十年ほど経った首だが、修繕されて顔に塗った胡粉が輝くばかりに磨き上げられた娘の首を見せてもらった。その首について「野崎村のお染などには最も適しておりましょう」と巳之助の言った言葉が、先の第二句と第三句に結実している。娘の首は顔の動きのないものと、目を閉じる仕掛けのついたものと二種類あり、白塗りで唇には口針を打っている。また、丸顔のものと細面のものとは幾分表情が違うが、秋櫻子の見たのはどちらであろうか。

巳之助は名人・吉田文五郎の教え「娘のかしらはぼんやり彫れ、魂はわしが入れる」を座右の銘にしていた。

巳之助の工房は阿讃山麓の梨畑の中にあり、外見は二階建の普通の民家。一階の工房では巳之助夫人が木偶作りを今も教えている。木偶を作る材料や道具が乱雑に置かれており、巳之助作の首も飾られ、巳之助が首を作っていた当時の様子を偲ぶことができる。工房は週一度、見学の日が設けられている。

ほととぎす朝は童女も草を負ふ　『旅　愁』

富士山と愛鷹山に囲まれた十里木高原での作。高原は標高千メートルほどにあり、東名高速道路の裾野インターチェンジからも近く、現在は避暑地としての人気が高い。

秋櫻子が俳句を作り、散策をした場所には源頼朝が巻狩をした跡や、その折に頼朝が使ったと伝えられる井戸が残る。建久四年（一一九三）の五月八日から六月七日にかけて頼朝は北条、畠山、三浦、梶原一族を始めとした多くの御家人を集め、富士山麓で巻狩を行い、十四日までは十里木を含む富士裾野の東方に陣を敷いている。

巻狩は狩場を四方から多人数で取り囲み、獲物をその中に追い詰めて射取る。一般的には武士の戦の訓練を兼ねて行われるが、前年征夷大将軍に任じられ、鎌倉に幕府を開いた頼朝にはその力を天下に示すねらいもあった。この頼朝の富士山麓の巻狩については『吾妻鏡』に詳しいが、十五日以降は現在の富士宮市北部一帯に陣を移し、そこで有名な曾我兄弟の仇討が起こっている。

この折は鳥寄せの見学のために秋櫻子は十里木を訪ねている。鳥寄せとは鳥の声によく似た音を発する笛を作り、それを鳴らして野鳥をおびき寄せる技である。夜更けに夜鷹をおびき寄せる笛の音を聞き、

鳥寄せや不二もうかべる夜半の月

と詠んだ。夜が明けてからはいたいけな子が背負子で身丈に余る草を運んでいる景に出会った。

明治期までの東京の各座では、正月狂言に必ず新作の「曾我物」を上演する慣わしがあり、曾我兄弟の物語は庶民に親しいものだった。秋櫻子も曾我兄弟の舞台を幾度も見る機会があったであろうし（実際に珍しい『蝶千鳥蓬莱曾我』も学生の頃に観ている）、頼朝が巻狩の陣を敷いた地と聞けば心が躍ったに違いない。まして巻狩の時代とさして変わらぬ童女の働く姿を見て、強く心打たれるものがあったはずだ。昭和三十四年のことゆえ、都会は高度成長期に入った頃であったが、富士裾野の生活にはその波がまだ及んでいなかった。

秋櫻子は翌々年にも富士の須走で鳥寄せ吟行をしており、

須走

ほと丶ぎす寄せ笛に乗りつ又逸れつ

寄せ笛に巣鳥はひそむえごの花

浅間神社裏にて、高田さん

鳥寄せのわざ継ぎ吹くや夜鷹笛

と作る。鳥寄せを見たことのない人には右の作が具体的でわかりやすいだろう。

遊蝶花春は素朴に始まれり　『旅愁』

最近は遊蝶花という言葉を余り耳にしないがパンジーのことである。二月の花屋に行くと春が来たことを告げるかのようにパンジーの鉢が並んでいる。現在はいろいろと改良され、色は紫、青、黄、赤、白ほか斑もあって多様、花径十センチ以上の豪華さを感じさせるものも売られているが、このパンジーは明治に生まれた作者が少年期に胸をおどらせた、むかし風の単純なものである。

梅を訪ねて郊外の遊園地に行った。ガラス戸が鳴り、風が吹き入る粗末な温室のパンジーを見て幼少の頃を思い出し、確かに春は来たと感じたのである。粗末な温室のパンジーだからこそ、「春は素朴に始まれり」と受け取ることができた。

秋櫻子は春の草花では黄色系統のものが好みだったので、この遊蝶花にも黄色のものがまじっていただろう。

朝寝せり孟浩然を始祖として　『旅　愁』

孟浩然は唐時代の代表的詩人。自然を題材にした平淡で清雅な作品によって知られているが、わが国では五言絶句「春暁」の、

春眠不覚暁

処処聞啼鳥
夜来風雨声
花落知多少

がことに有名である。「春眠暁を覚えず」と一句目が独立してもよく引用されるが、そこから秋櫻子は孟浩然を朝寝の大家と見立て、自分はその修行をしている者と詠んだ。

春睡やむかし四睡といふありて

掲句の二句あとに、春睡を朝寝とほぼ同じ意味に使った右の句も出てくる。中国の天台山国清寺の住職は虎を飼い馴らしていたが、この虎は寺の所化《しょけ》である寒山と拾得にもよく馴れていて、虎と三人が一緒に眠ること（四睡）もあったという話に基づく。

青壮年期を経て、老年に近づくとユーモアの漂う作品が秋櫻子には生まれてくる。一例として、朝寝の句は十八句作っているが、掲句とともに、

訪ひ来ては朝寝おどろく客多し 『帰　心』
朝寝して焦心なきに似たりけり 『玄　魚』
朝寝せり客待つ約は忘れねど 『緑　雲』

文債は皆夢なりき朝寝する　『餘　生』

などには緊張感とは無縁の心の軽さが窺われる。

月いでて薔薇のたそがれなほつゞく　『旅　愁』

秋櫻子の持つ美意識と調べが端的に表れている作品である。掲句の自解では、

薔薇の咲く頃の黄昏は実に長いものである。東の空に大きな月がのぼり、それがようやく光を得つつあっても、薔薇の咲く庭には、まだまだ夕明りが残っていて、花の一つ一つがはっきりと見えるのである。

と述べ、掲句の芯になっている薔薇の咲く頃の季節感を的確に言い止めた。「日永」という春の季語があるが、実際に日が最も永くなるのは夏至前後である。しか

し、日々の暮らしの感覚のうえでは、冬の日の短さが過ぎ、春に入ると日の永さが意識されるので、『万葉集』の昔から「長き春日」「春の永日」と表現される。この「日永」は日中の永さに焦点を当てた季語であるが、暮方が遅くなることに焦点を当てるとやはり春の季語の「遅日」となる。傍題には「夕永し」があるが、これについても実際に夕べが永いのは夏に入ってからである。俳句や和歌の季感は科学的な証左ではなく、人が感じ取った感覚を基に置いたものである。

季語の季感は季感として脇に置き、それとは微妙に違う実際の季節感を表現しようとするのは大変難しいことだが、秋櫻子は春の「夕永し」という季語の内容を十分に承知したうえで、掲句で夏の永い夕べを無理なく美しく表現している。

また、月と薔薇はどちらも一句の主役になり得る美であり、それを取り合わせることは俳句を少し齧った者ならば避けるであろう。しかし、薔薇を主役に、月を脇役として、秋櫻子の美意識はそれを楽々と超える。山本健吉に「きれい寂び」と称された所以である。付け加えれば、自解の文では「黄昏」となっているものが句ではひらがなになっており、表現上の細かい配慮にも注意したい。

沢蟹の榧の実運び盡しけり　『旅愁』

「若狭、明通寺　二句」の前書のある前句である。後句は、

猪いでて凡そ道なき近江越

であるが、絶えそうな道については、

狐の提灯古みち失せて咲きにけり　『玄魚』

白毫寺

柿落葉して人径の絶えにけり　『蓬壺』

筒鳥や熊のかよひ路いま絶えて　『晩華』

尿前のふるみち失せぬ雨蛙　『殉教』

吉次越狐の径となりて絶ゆ　〃

を始め、いろいろと工夫している。「私はむかしから一個所でねばっている気力に乏しく、

駄目なら駄目と早くあきらめてしまい、一見したときに心を打たれるものがあれば、その印象を家に持ち帰って丹念に詠みあげるという癖がある」と秋櫻子は記すが、前述の吊橋の句のところでも述べたように、諦めぬ粘り強さで心を打たれた対象を詠むことがいつかは佳作を生み出す。

昔むかし、この山中に檷木《ゆずり》の大木があり、その下に世人と異なる不思議な老居士が住んでおり、その老居士が坂上田村麻呂の夢に出たことが八〇六年の明通寺の創建に結びついたと伝えられる。寺は若狭でも東にあり、鎌倉時代中期に建てられた国宝の本堂と三重塔で知られる。三重塔は塔に拳鼻《こぶしばな》を用いた最古の例とされており、本堂は和様に禅宗様を取り入れ、堂内は内陣と外陣が明確に区別された中世特有の作りになっており、重要文化財の薬師如来坐像、深沙大将立像、不動明王立像を安置する。若狭は「海の奈良」と称されるほど古い仏像と寺院が集中する土地であるが、多くの仏像がコンクリートの宝蔵庫ではなく、木造の本堂に在す。

秋櫻子が山門に入る折には石階の上に榧の実があまた散らばっていたが、帰る時にはほとんどなくなっていた。住職に聞くと沢蟹が運び去ってしまうと応えた。描写に徹しているような掲句だが、沢蟹が榧の実を運び尽くすほど寺には見どころが多く時間がかかること、沢蟹や榧の実など自然が残っている境内であること、沢蟹が榧の実を運ぶほどに人影もなく静寂なことなど、描写以外の多くのことを伝えている。明通寺には今も榧の実が落ち、沢蟹がいる。どことなく奈良の寺、たとえば室生寺あたりの山寺の雰囲気を持っている。

掲句は昭和三十五年の作だが、三年前の三十二年にも同寺を訪ねている。その折は、七百年を経た二つの堂の修理は終わっていたものの、本尊の薬師如来坐像は秘仏で拝めず、塔の下に湧き出ていた泉の音と初蟬の声に創作心は集中し、

榧の実や近江ぶりなる棟そびえ　『蓬　壺』
蔀あげ霧に泉の湧ける見ゆ
蟬鳴けり泉湧くより静かにて

と作り、いつまで坐っていてもよいと思いつつも去らねばならなかった。掲句の折は沢蟹が榧の実を運び尽すほどゆったりとした時間を過ごし、三年前に果たせなかった心残りを十分に補ったであろう。境内には右の第三句の句碑が立つ。

花すぎし林檎や雲に五龍岳　『晩　華』

昭和三十六年五月二十日、秋櫻子は信濃唐松岳に赴く。松本から大糸線に入ると、

大町ちかく
餓鬼岳を雲間に紫雲英田をおほふ

木崎湖
鴨翔けて苗代案山子見送れる

中綱湖
田を植ゑて汀の蕗に到りけり

細野部落
花すぎし林檎や雲に五龍岳

と遠近法や擬人法を駆使し、前書を加えて、屏風作りのように車窓風景を展開し作句している。車窓風景などは句にならないと諦めるのが俳人の多くであろうが、秋櫻子はそれを

打破しようとする。揭句の五龍岳は二千八百十四メートルの標高を持つ後立山連峰の要峰で男性的な山容で知られ、日本百名山の一つに数えられている。

落日の岳残雪の武田菱　　野澤　節子

と詠まれているように、信濃側の峰には春になると武田家の家紋に似た菱形模様の雪形が現れる。同岳は登山者に人気の高い夏山としても知られ、冬には山麓の五竜とおみスキー場が賑わう。

五龍岳の隣に聳える峰・唐松岳に行くには八方尾根スキー場のゴンドラリフトに乗るのが便利だが、その乗車駅へ行く途中に細野の村はある。秋櫻子一行は残念ながら好天には恵まれなかったが、揭句ではそれが良い方向に働いた。林檎の樹と信濃の山の配合ならば平凡に終わるのだが、人の詠みそうにない花のすぎた林檎と雲中の五龍岳という平凡ならざる配合になった。雲を起こし雨を呼ぶ龍の存在を思いつつの作句であろうか。

乗込むや畦抜駈の鮒釣師　『晩華』

冬は河川や湖沼の水底の泥に頭を突っ込んでじっとしている鮒だが、水が温む三月末頃になると産卵のために巣離れし、群をなして水藻のある小川や田圃に勢いよく入り込む習性がある。乗っ込みが始まると田や野の細い流れも良い釣場になるので、その場所を確保しようと釣師たちが競う情景を掲句は詠んでいる。

旧運河真鮒乗込みはじめけり
乗込の鮒焼く香なり布佐安食《ふさあじき》
堰急雨鮒乗込むと見えにけり
乗込むや畦抜駈の鮒釣師
乗込むや日の出を待たぬ鮒釣師

前二句が昭和三十六年作、次の二句が翌年作、最後の一句は翌々年作であり、すべて同一の句集に収まる。第四句と第五句では上五が「乗込むや」、下五が「鮒釣師」と同じ表現になっている。秋櫻子は、「乗込鮒」は六音なので上五に置けば字余りになるし、下五にも置けない。色々思案の結果に第四句（掲句）ができ、しめたと思ったと述べている。上五の「乗込むや」が威勢の良いうえ、下五の「鮒釣師」でうまく季語の「乗込鮒」を二つに分け、字余りなしに収まったからである。

あけぼのの田川波立つ春の鮒　『玄　魚』

のように「鮒」や「春の鮒」を使って詠んでいた秋櫻子が初めて「乗込」「鮒」を用いたのは三十三年の作、

田にけぶる乗込鮒の朝の雨　『蓬　壺』

よりだが、その後、一句の例外を除き春の鮒を詠む時は「乗込」を使うことになる。「乗込鮒」は釣人の用語で以前からあるものだが、俳句の季語として使ったのは自分が初めてではないか、と釣雑誌の俳句欄の選者をしていた秋櫻子は言う。確かに『新俳句歳時記』（昭和三十一年刊）に初めて載り、秋櫻子が作り出して以降この季語が一般に広まり、定着した。

ナイターやツキのはじめのはたゝ神

『晩　華』

野球、サッカー、スキーなど夜間の照明下で行われる野外の競技をナイターと言うが、わが国では専ら野球競技のそれを指す。第二次世界大戦後、現在の横浜スタジアムの場所にあった横浜公園球場は米軍に接収され、ナイター設備を備えたゲーリック球場と改名し、占領軍専用の球場になった。その球場で日本人によるナイター試合が初めて行われたのは昭和二十三年六月十四日、二十時八分プレイボールの立教対慶応の学生試合だった。また、プロ野球初めてのナイター試合は同年八月十七日、同じ球場で行われた巨人対中日戦である。宣伝ポスターを見ると、「ヨルの部　八時試合開始」と書かれ、入場料は内野が六十円、外野が三十円、子供はその半額であった。その二年後には後楽園球場に照明設備が設置され、雑誌でナイターの語が初めて使われた。異説もあるが、ナイターは和製英語であり、日本でのみ使われる言葉である。

「強力な照明を使って野球競技を行うことで、プロ野球以外には殆ど使われぬ。春にもあり、秋にもあるのだが、やはり夏季が主となるので、俳句の季語としては夏季に入れるのが当然と思われる」と昭和六十四年刊の『日本大歳時記（愛用版）』（講談社）に秋櫻子はナイターを解説する。現在では誰もが知っている内容であるが、それほどにナイターが俳句に詠まれることが少なかった。

秋櫻子の通った独協中学の本校は目白台にあり、西へ下りると早稲田大学が建つ。そのような環境から自然に早稲田ファンになり、早慶戦も一高三高の試合も見ている。一高時代は野球部の捕手や三塁手として活躍し、大学に入ってからも野球部に属した秋櫻子の野球に対する興味は強かった。俳句においても古くは『秋櫻子句集』（昭和六年刊）に「神宮球場風景」として詠み、昭和九年（現在のプロ野球の前身「日本職業野球連盟」が設立されるのは二年後）には早慶戦を題材に詠んでいる。その後も、

汗ぬぐふ捕手のマスクの汗見ずや　『浮葉抄』
霧ひゞき戦かちし歌ゆける　〃

前句は明治対法政、後句は早稲田対慶応の昭和十一年の試合を詠む。また、昭和三十四年には「馬酔木」チーム対「鶴」チームの野球試合を行い、みずからも出場している。自他ともに許す野球ファンだった秋櫻子だが、ナイターの句は十六句を残している。

ナイターの光芒大河へだてけり　『旅　愁』

ナイターのいみじき奇跡現じけり　『殉　教』
たぬき寝の負ナイターをきけるらし　『蘆　雁』

「景としても詠めるが、やはり試合の経過に伴う観者の心理の変化を詠むのが面白い」と秋櫻子は述べいるが、第一句は景として詠んだ、第三句は試合の経過に伴う聴取者の心理の変化を詠んだ典型。掲句ではことをおもしろくしようと、遠雷を「はたゝ神」と表現している。さらに、

蜜柑投げ日本シリーズ了りけり　『旅　愁』
石蕗咲くや日本シリーズ又西へ　『緑　雲』
日本シリーズテレビに見つつ波の音　『餘　生』
残る虫日本シリーズ近づけり　『うたげ』

など、日本シリーズの句も詠んでいる。「日本シリーズ」の言葉を詠み込んだ句は現在でもなかなかお目にかかれない。第一句は昭和三十四年作。福岡の平和台球場を本拠地とした西鉄ライオンズを秋櫻子は贔屓にしていたが、西鉄がシリーズに優勝した昭和三十一年から三十四年にはこれといった野球の句が句集に残っていない。「三連敗ののちの四連勝」や「神様、仏様、稲尾様」など、球界史に残る贔屓チームの勝ちっぷりに専ら見入ってい

たのだろうか。昭和三十年刊『生活俳句の作り方』では「野球を詠んだ名句というものは、いままでに一句もないであろう」と自身が記しているので、秋櫻子のナイターや日本シリーズの句はそれに対する果敢なる挑戦と言ってよい。

夕牡丹しづかに靄を加へけり　『晩華』

ある牡丹園での作。この折の作は、

雷遠し牡丹の客を門に待つ
客待ちて蕾を解ける牡丹あり
夕牡丹しづかに靄を加へけり

と続くのだが、日に輝いた牡丹や誇るように開いた盛りの牡丹を詠まず、曇り空の牡丹や蕾を解いたばかりの牡丹、夕靄が籠めて花を閉じかけた牡丹などを詠んでいることに注目する。

秋櫻子にとって牡丹はその派手さですこぶる詠みやすい花だったようだ。梅や菊には及ばないものの、牡丹を詠んだ句は百句を越える。

峠路にひとつの家の牡丹かな　『葛飾』
古町のとある籬の牡丹かな　〃
壺の藍しろき牡丹のひとつ崩る　『秋苑』
山畑の蕗にくづるゝ牡丹かな　『重陽』
鬱として牡丹老いたり倉の前　『帰心』
曇り日は光輪うまず白牡丹　『緑雲』

晴雨に、朝夕にそれぞれ違った趣を見せてくれる牡丹だが、余りに美しすぎると詠みにくく、二、三株咲いているものや、古い籬に咲いているもののほうが花の美しさを強め、一層輝いて見えるのも確かである。

旅人われ牡丹の客の中にゐる　『蘆刈』
まかりゆく牡丹の客のしづかなる　〃
瑠璃の鉢門に据ゑたり牡丹園　『晩華』
客一人なほ逍遥す夕牡丹　〃

柴門を移し据ゑたり牡丹園　『殉教』
藁葺や牡丹の客に卓ひとつ　〃

右のように秋櫻子は飽かず牡丹園とその牡丹を詠んでいる。秋櫻子の美意識と感性に合った花のひとつであった。右の第一句、第二句は牡丹園に勝る牡丹の名所・当麻寺で詠まれたもの。

花と影ひとつに霧の水芭蕉　『晩華』

鬼無里を始めとして水芭蕉で有名な地は信州に多いが、この景は「白馬山麓の東急ホテルを出て、山路にかかると水芭蕉の群落があった」と自句自解にある。前日は姫川温泉に泊っており、姫川源流を含む一帯は現在公園になっていて、そこにも水芭蕉が群生しているが、どこそこの水芭蕉でなければならないという句ではない。

雪が解けると大地は次第に温かさを取り戻し、大気は潤いを含み始める。スキー・シーズンが去った白馬には静けさが戻るとともに、雨の翌日などは霧が立ち籠めることが多くなる。濃いものでは数歩先が見えず、水芭蕉の花も葉も、その影も水面も一切が輪郭を失い混然となる。道を歩めば夢の世界の続きの中にいるような感じになる。

どこそこの水芭蕉でなければならないという句ではないが、やはり気になって現地を訪ねた。白馬の東急ホテルは現在も和田野にあり、大楢川や木流川が流れ、近くにはニレ池もある。東急ホテルを出て、山路にかかるには二つの道がある。一つは八方尾根自然研究路へ登るゴンドラやリフトに乗る八方駅に向かう道である。そこに着くまでには幾筋かの川の流れを見ることができる。もう一つは咲花ゲレンデへ向かう道である。ゲレンデへの道は「山路にかかる」という言葉がぴたりと当てはまる。しかし、どちらの道にも水芭蕉の群落は確認できなかった。単に見逃しただけかもしれないが、秋櫻子の来た五十年前とは違い、ペンションや山荘がここかしこに建ち、水質と植生が変化したのかも、と考えた。

葛しげる霧のいづこぞ然別

『晩華』

七十歳、俳人協会会長就任直後の旅吟「砂丘の楽園」九十九句のうちの一句で、「峠を越えて」の前書がある。千歳空港から札幌に向かい、女満別空港から原生花園に行く。サロマ湖、網走湖、屈斜路湖、摩周湖に遊び、阿寒、養老牛、カムイ岬を経て掲句の然別に着く。その後、十勝、狩勝、石狩川河口などを巡り羽田空港に戻って来る長旅であった。
然別は北海道東部鹿追町の大雪山国立公園に位置する。掲句は帯広から二時間ほどバスに乗り、然別温泉へ越す峠路にさしかかった時の作であり、霧が濃くて車窓からは茂る葛しか見えなかった。晴れた日と比べると所要時間は倍以上にかかった。

霧の湖一つ灯蛾寄る宿もひとつ
霧はれて山月わたる湖涼し

が正面から然別湖を詠んだ句になる。「宿もひとつ」と表現されているが、現在は現代的なホテルが湖畔に二つ建つ。カルデラ湖（堰止湖説もあり）としては道内で最も高い八百十メートルの標高にあり、オショロコマの亜種で、陸封されて固有種となったミヤベイワナが生息している。次は翌日の晩餐の句である。

鰭焦げて岩魚しづめり岩魚酒
一盞に月ゆがむなり岩魚酒

よき旅のをはり月さす岩魚酒

ミヤベイワナは北海道の天然記念物に指定されており、右の句の岩魚酒の岩魚は民間養魚場で養殖されたミヤベイワナであろう。掲句を彫った句碑がのちに然別湖の湖畔に立つ。

この「砂丘の楽園」九十九句を字余りの観点から『残鐘』の「軽衣旅情」百二十七句と比べてみる。「軽衣旅情」の字余りは全句の三分の一弱、それに対し「砂丘の楽園」では九十九句の一割五分に満たず、中でも中七の字余りが多い。

ポプラ遠く並みて麦秋の野なりけり
山のいだく湖も雲海の上に見ゆ
雲海をしぬぐ雌阿寒とその背山
湖底にも飛雲片々と夕焼けたり
蚊火更けて東京の電話瀬々の音
漁船群満ちて七月の鰯雲
雲の影群れて馬鈴薯の咲く野なり

という具合である。その多くは助詞が関わっていることがわかろう。次が上五の字余りだが、これも左記の通り助詞と名詞が関係している。

楡の鐘は鳴らず郭公来鳴きても
蝦夷虫喰継ぎては鳴かず瀧の霧
牧をかこみ馬鈴薯咲ける畑ひろし
浜昼顔大河の波にうちふるふ

残ったのが下五の字余りだが、次の第一句が五八六の調べで、秋櫻子本来のゆったりとした調べになっている。

火の山の水無月のけぶり雲に立つ
団扇とるゆとりや旅路三日すぎて
霧の湖一つ灯蛾寄る宿もひとつ

「軽衣旅情」は六十歳直前の昭和二十七年、「砂丘の楽園」は昭和三十八年、同じ字余りと言いながらも前者は潑剌とした詩情、後者は余裕のある調べを展開しているとも言え、詩因とそれに応えた詩心の張りの違いは歴然としている。その変化を歳月に見るのもあながち間違いではない。

蓮枯れて水に立つたる矢の如し

『晩　華』

一読写生句に見えるが、写生の中に思いが強く籠もった作。「佐藤継信戦死の地を射落畠といひ、蓮堀にてかこまれたり」の前書がある。その継信の人物像を知らないと、掲句に込められた秋櫻子の思いを汲み取れない。

佐藤継信は奥州藤原氏の婚族であるとともに家臣であり、源義経が奥州に落ちて来たのちに義経に仕える。義経が挙兵し、奥州を出て兄・頼朝の陣に赴く際、藤原秀衡の命により弟・忠信（狐忠信として浄瑠璃「義経千本桜」の四段目に脚色されて登場する）とともに義経に従った。義経四天王の一人に数えられ、その許で平家追討に功績を上げ、讃岐の屋島の戦いで討ち死にする。

継信の墓は京都東山、高松市牟礼の洲崎寺、福島市飯坂の医王寺にある。医王寺の墓は先立たれた母乙和御前の悲しみの深さを象徴しているかのような巨きなものである。その墓に着く前、医王寺の参道の左方に建つ宝物殿には武蔵坊弁慶のものと伝わる笈や、継信のものと伝わる鞍が収められている。元禄二年五月、松尾芭蕉も『おくのほそ道』の旅で

訪れ、武蔵坊弁慶のものと伝わる笈を見て、

笈も太刀も五月に飾れ紙幟

の句を残す。その旅で芭蕉が義経に初めて関心を示した箇所として注目される。なお、境内にはその句碑もある。

継信は『平家物語』では能登守教経が義経を狙って放った「矢」を受けて死んだことになっているが、『吾妻鏡』ではその前の一ノ谷の戦いで死んでいる。鎌倉幕府の歴史書『吾妻鏡』を信じると射落畠の戦死は怪しくなるが、『平家物語』に添って掲句は作られており、「矢」がキー・ワードになっているのがわかろう。明治三十年代、住まいの三崎町の近辺には三崎座、川上座、東京座などの芝居小屋があったが、秋櫻子が芝居によく通ったのは時代がもう少し下る。歌舞伎座、帝国劇場、新富座、明治座、市村座、本郷座などの芝居を通して継信の物語は身近なものだったに違いない。

この讃岐路の旅で秋櫻子は、

もの丶ふの誉の岩に鯊ひとつ
蓮枯れて水に立つたる矢の如し
畑人の手力蕪を引き抜けり

空稲架に判官殿の弓も掛けよ
供華多き中に緋緘の鶏頭花

と詠んでいる。第一句には「午後海を越えて高松着。屋島付近に源平合戦の跡を訪ふ。那須与一の駒立岩、いまは小運河の底にしづめり」の前書、第三句には「景清錣引のあとは畑となりぬ」の前書、第四句には「晩稲田のほとりに、義経弓流しのあとあり」の前書、第五句には「能登守の侍童菊王丸の墓」の前書がある。『平家物語』の伝える事績にことに興味を示している。歌舞伎はもちろん、新派も新劇も分け隔てなく好んだ秋櫻子だが、その教養は歴史の旧跡に立って作られた句や羽子板の句に多く結実した。

苔に立ち苔に散るなり照紅葉　　『殉　教』

「厭離庵　二句」の前書がある。厭離庵は清涼寺（嵯峨釈迦堂）から二尊院へ行く道の途中、京都嵯峨野の小倉山の麓にある。『新古今和歌集』の選者の一人、藤原定家が住んだ山荘の旧跡で、小倉百人一首を編んだ所と伝わる。明治維新時には荒廃していたが、明治四十三年、白木屋社長大村彦太郎が仏堂と庫裡を建て、山岡鉄舟の娘・素心尼が住職に就いた。

庵内には定家の山荘・時雨亭が再興され、本堂には本尊の如意輪観音のほか、開山霊源禅師、西行法師、藤原家隆、紀貫之の木像や藤原定家、為家、為相の位牌が安置されている。同時作に、

秋寂びし苔踏ませじと門をとづ

があるが、やっと人がすれ違える幅の道を入り、表通りから三十メートルほど奥まったところに庵の小ぶりな柴門が立つ。客が来る時は夏ならば水が打たれてその門が開かれている。一般公開はされておらず、掲句から想像できる通り、楓が見事な庭園は苔むしており、その中に定家塚と称されている五輪塔が立ち、柳の井が七百余年を経て今も湧き出ている。

秋櫻子は炉開きに招かれ、「同、名椿初あらし」の前書で、

炉びらきや白妙にほふ初あらし

と詠む。初あらしはかなり古くから知られている椿で、一重、早咲き、白花の代表的な品種、その形から「白玉」とも呼ばれる。現在の庵主は若い俳人であり、静かさに満ちた京

の名庭であることは句からも伝わる。

酔芙蓉白雨たばしる中に酔ふ　『殉　教』

俳句雑誌では芙蓉の句はよく見かけるものの、酔芙蓉の句はそれほど多くない。秋櫻子の場合は酔芙蓉の句は十五を数え、芙蓉は五句と少ない。酔芙蓉は八重咲の花で朝は純白、午後になると淡い紅、夕方から濃さを増し紅となる。その名は花の色の変化を酒に酔ってゆく人の顔色にたとえている。

霧ふかく酔いまだしや酔芙蓉　『殉　教』
一輪のはや大酔や酔芙蓉　〃

を始めとして「酔」からの発想が多いのもそこから理解できる。自然の本質を「変」と見て、「乾坤の変は風雅の種なり」（天地自然の変化はすべて風雅として俳諧の動機であり、素材である）と言ったのは芭蕉だが、酔芙蓉という微小な自然の変化を興味深く見つめる秋櫻子の視線もその言葉に通じるものである。

秋櫻子の酔芙蓉の句の中でも掲句は白雨を配したことで、景としても鮮明に迫ってくる。さきほどまで晴れていた周囲が、夕立によって白いレースのベールを降ろしたように見え、その中にほんのりと赤みの差すひと鉢の酔芙蓉が浮かんでいる。白粉と頬紅に通じる日本のやわらかな色彩感がそこにはある。

数年前、越中八尾の風の盆の吟行をしたが、その折に八尾の町の家々の前に酔芙蓉の鉢が置かれていたことを覚えている。そのうちの一鉢の脇に小さな短冊に認められてこの句が吊るされていた。

七十路は夢も淡しや宝舟　『殉教』

回文「なかきよのとをのねふりのみなめさめなみのりふねのをとのよきかな」が書かれ、米俵や珊瑚など宝物を積み七福神が乗る帆掛船の絵を、正月二日の夜に枕の下に敷いて寝ると吉祥の初夢を見ると伝えられている。その帆掛船の絵を宝舟と呼び、俳句の季語となっている。江戸時代から明治時代にかけては「お宝、お宝」と言いながらこの絵を売り歩く宝舟売がいた。
掲句は宝舟というめでたい季語に夢の淡さを取り合わせ、老年の気持を滲ませている。めでたいものをめでたいと言っては俳句にならないのを承知した作りであり、「夢も淡し」と言い切ったところに掲句の深みがある。おもくれや、もってまわった表白とは違い、七十路の事実を率直に吐露したところは芭蕉の言う軽みにも通じる。

老いぬれば枕は低し宝舟　『蘆雁』

右の句は掲句から八年後の作だが、掲句に通じる淡い抒情が漂う。現実を素直に受け入れて淡々とそれを詠む姿が浮かぶ。

月幾世照らせし鴟尾に今日の月　『緑雲』

「唐招提寺仲秋讃佛会」の項の一句である。讃佛会では夜になると金堂の扉が開き、堂内の盧舎那仏、左右の薬師如来・千手観音の三尊が灯に浮かび上がる。奥まった御影堂では和上像の厨子が開かれる。

寺の主な建物には金堂、講堂、御影堂、鼓堂、経蔵、宝蔵があるが、鴟尾があるのは国宝の金堂のみ。したがって、掲句は金堂のことを言っていることになるが、「月幾世照らせし鴟尾」の措辞は鑑真和上を抜きにしては語ることはできない。唐招提寺は俳人・秋櫻子にとって縁浅からぬ存在であることは前述したが、御影堂の和上像を拝した感動が消えぬうちに金堂の鴟尾を仰いで作ったのであろう。掲句の前に、

鑑真和上厨子

対の供華おのおの芒秀でけり

厨子をがむ一念月も雲をいづ

がある。唐招提寺は和上の御寺であり、和上が創建し晩年を過ごした寺を敬う気持を籠めた掲句の「幾世」である。秋櫻子の見た鴟尾は天平（西側）と鎌倉（東側）の時代のものだが、現在は平成のものに換えられているので、今詠むとしたら事実として「月幾世照らせし鴟尾」とは言い難くなっている。また、開山堂の鑑真和上坐像も平成の作であり、掲句は秋櫻子の時代だからこそ表現しえたとも言える。

蜻蛉うまれ緑眼煌とすぎゆけり

『緑　雲』

俳句は十七音で表現せねばならぬ制約があり、見たものすべてを言えるわけではないし、逆に言ってしまってはつまらぬ句になる恐れもある。そこで言葉の選択が作品の成否に直接結びつく。

掲句では緑眼の蜻蛉とのみ言っているが、「緑眼煌とすぎゆけり」は他の蜻蛉に比べ複眼が著しく大きく、五十センチ以下の体長はないといわれる大型蜻蛉のヤンマ（蜻蜓）に違いないと思わせる表現になっている。ヤンマの雄は他の蜻蛉と異なり縄張りを巡回するように飛ぶ習性があり、「煌とすぎゆけり」の表現が動かない。掲句では、「緑眼煌とすぎゆけり」と表現したのみで十分であり、ヤンマの言葉を加えると蛇足になってしまう。同じ句集に、

蜻蛉また紅翅赭眼や吾亦紅

がある。掲句とは一句一章と二句一章の違いはあるものの、右の表現のみで赤蜻蛉と十分

にわかる。表現に何を加え、何を省くかをこの二句は教えてくれる。読者に想像させる部分を残すと俳句には広がりが生まれる。その広がりを掲句では味わいたい。

釣瓶落しといへど光芒しづかなり　『餘生』

井戸水を汲み上げる際に用いられる釣瓶が井戸の底へ真直ぐに素早く落ちるように秋の入日は見るみるうちに沈んでゆく、というので「秋の日は釣瓶落し」と一般に譬えられていた。山本健吉は「釣瓶落し」のみで十分に季語として成り立つとして例句のないまま歳時記の季語に加えた。それに応えて作ったのが掲句であり、同じ句集の、

稲架のひま釣瓶落しの日ぞとどまる
釣瓶落しひとたび波にふれにけり

とともに三句が残る。「新題探題の意欲の強い」秋櫻子と健吉は称え、健吉編『最新俳句歳時記』（文藝春秋　昭和四十六年刊）の釣瓶落しの例句には掲句が一句のみ採用されている。

掲句は四十六年に作られ、五十二年刊の句集に収まっているので、健吉は雑誌に載ったものを直接採用した。

歳時記を遡ると、角川書店の『圖説俳句大歳時記』(昭和四十八年刊)に「釣瓶落し」は季語としては採用されていないが、「秋の日」の解説に、「日はしだいにつまってきて、日の入りは九月の初めと終わりとでは三〇分も早くなり、あわただしく暮れるのがまさに釣瓶落としである」とある。しかし、例句に釣瓶落しの言葉はない。その前の平凡社の秋櫻子編『俳句歳時記』(昭和三十四年刊)には「秋の日」はあるが、「釣瓶落し」は影さえもない。

羽子板や子はまぼろしのすみだ川　『餘 生』

昭和四十八年、八十歳の作。江戸の世から続く歌舞伎、朝顔市、鬼灯市、酉の市、羽子板市などは江戸っ子の秋櫻子が好んで詠んだ対象である。殊に羽子板については豪華な押し絵を施した装飾用の羽子板を想像し、羽子板や勘平火縄ふりかざし　『旅　愁』
羽子板や狐守護する兜にて　『晩　華』
羽子板や判官笈に耐へたまひ　〃

など、歌舞伎に材を得たものを中心に二十四句を詠んでいる。第一句は『仮名手本忠臣蔵』の五段目、山崎街道の場の早野勘平、第二句は『本朝廿四季』の八重垣姫、第三句は勧進帳の安宅の関の義経である。

歌舞伎でも演じられるが、掲句は梅若伝説の謡曲「隅田川」に材を得ている。人買いに誘拐された梅若丸は隅田川畔で病死、尋ねて来た母がわが子の死を知り、念仏を唱えると子の亡霊が現れる筋書だが、よく知られた謡曲で昭和八年に池内友次郎も、

都鳥狂女のあはれ今もあり

とこの物語を底に用いて作っている。

かつて秋櫻子は若年の子を亡くしているので、その思いが重なっているとみる説もあるが、やや深読みの感がある。

水無月の落葉とどめず神います

『餘　生』

「井伊之谷宮」の前書がある。井伊谷宮は浜松の北、井伊谷にある神社であるが、創建は比較的新しく、建武中興に尽力した人々を祀る神社が明治維新の際に次々に建てられたが、そのうちの一社である。

主祭神は後醍醐天皇の第四皇子で征東将軍として関東各地を転戦した宗良親王である。親王は同地を本拠に五十年余を戦いぬいて没したとされ、本殿の背後には親王の墳墓もある。井伊谷はのちに彦根藩主となる井伊家の発祥の地でもあり、その祖先は南北朝の時代は宗良親王の活躍を助けた。

掲句の「神」とは宗良親王を指す。かつて貴人《あてびと》は自分の本名を他人に知られてはならないとされ、宗良をどう読むかについても「むねよし」「むねなが」の二説がある。

「水無月」は旧暦の六月のことで「水の月」の意味。田に水を引く月ということ。

水無月の木蔭によれば落葉かな　　渡辺　水巴

の句が歳時記にあるが、常緑樹は初夏に新しい葉が生い始めると古い葉が目立たずに落ちる。掲句の「水無月の落葉」とは夏落葉のことで、同じ夏の季語「病葉」とは異なる。井伊谷宮では本殿や拝殿などに常緑樹の落葉が絶え間なく降り注いでいる景が珍しくない。

境内には自然石に銅版がはめ込まれた掲句の句碑が立つ。

白玉のよろこび通る喉の奥　『餘生』

昭和四十九年の作。擬人法はすでにあるような表現が多く、俳句の表現としてはなかなかうまくいかないものだが、中七の「よろこび通る」の大胆な擬人法が掲句では成功している。「よろこび通る」は大袈裟と考えるかもしれないが、秋櫻子は昭和四十八年九月、心臓疾患で東京女子医大狭心症センターに入院している。その後は食事療法を続け、塩分は当然のこととして、好物の甘いものも自由に摂らず控えていた、と考えると「よろこび通る」は納得できる。

白玉とは白玉粉と呼ばれる米粉で作った一口大の団子で、汁粉や餡蜜、掻き氷などに添えられる。梅雨の家籠もりの日々が続き、退屈している秋櫻子の慰みに家人が白玉入の汁粉を作ったのだろう。甘党の秋櫻子はそれで気分を転換して、再び机の前に坐ったに違いない。「よろこび通る」は甘党の秋櫻子ならではの表現である。後に、

大き薬喉を通りぬ初明り　『うたげ』

を作るが、この句の場合は素っ気なく、喉を通るものの違いを明確に表現している。

いづこにも歌留多会なし夜の雪　『うたげ』

句集『うたげ』の中で注目するのは秋櫻子のノスタルジーを感じるような作に出会うことである。たとえば、掲句では明治・大正・昭和初期の気分が漂う。現在でも若い人たちが集い、歌留多会は開かれていようが、かつてのように毎日どこかであるということはない。「いづこにも」の表現には歌留多会が盛んに行われており、それらが降雪によってすべて中止になったとのニュアンスがある。作家の丸谷才一に、

しんしんと雪降るなかの歌かるた

があるが、この句も作家が若い頃に離れたふるさと、山形の鶴岡の一齣を思い出しての郷愁の作であろう。さらに句集『うたげ』の中の郷愁の句としては左記の句がある。

初観音詣で話や切山椒
いわし雲いづこの森も祭にて
葛飾区独楽打つ辻を残しけり

第一句の切山椒はしん粉に砂糖を加え、山椒の風味をつけた蒸し菓子。かつての東京の下町では正月から三月頃まで売られていた。第一句と第三句からは昔の下町の暮らしが、第二句では鎮守の杜が豊かに残っていた時代が背景として感じられる。どの句からも若き日に戻ったかのような、過ぎ去った昔を懐かしむような気分を受け取ることができる。掲句で表現されている内容も現代の都会生活ではなく、過ぎ去った懐かしい映像が秋櫻子の心に映し出され、それが言葉に反映したものと言えよう。

手のひらのわづかな日さへ菊日和　『うたげ』

逝去一年前の昭和五十五年作である。温かな昼、縁に坐して自分の手のひらを見ると、そこに差している秋の日がたとえようもなく貴重なものであると思えてきた。人はもちろんのこと、この地球上の万物すべてが太陽の恩恵に与かっている、ということを改めて思ったのかもしれない。光と菊を切り口にした秋櫻子の句では昭和二十三年作の、

冬菊のまとふはおのがひかりのみ　『霜林』

がことに有名であるが、当時秋櫻子は五十代半ば、それから三十年余を経て辿り着いた心境がこの句からは感じられる。噛めば噛むほど滋味な味わいが滲み出て来る作。遺句集『うたげ』は、

八十路半ば胸の奥まで初明り

より始まるが、右の句も日差しを詠んでいる。大相撲や日本シリーズなどテレビを見ての

作、歌舞伎や羽子板を題詠のように詠んでいる作、到来物を始めとした食べ物の作など、身近に材を得ている句が同集には多く、限られた生活の中で高齢者が何を詠むかを示唆している作品が数多くある。高齢化社会を迎えた今、老作者の手本になる句集の一つである。

六月やあらく塩ふる磯料理　『うたげ』

昭和四十八年九月、五十四年十二月と秋櫻子は心臓疾患で東京女子医大狭心症センターに入院する。二回目の五十四年以降はめっきり家の外に出ることが少なくなった。五十四年より五十六年の作品を収めた『うたげ』には、

大霞するとはかかる宮址かも
東大病院当直の追憶
梟の影花にあり燈を消さむ

のような映像を見ての句や追憶の句が多くなる一方、

化粧塩打つたる鰆や鮎見事
敬はれ老のグラスに酒青し
伊勢海老にさきがけ来るや安房の海老

のような食べ物の句が多く見られるようになる。中でも「病中詠」と題された、

消ゆる灯の命を惜しみ牡蠣を食ふ
牡蠣うまし死とのたたかひすぎければ

には秋櫻子の詩魂を見る思いがする。右の句のように劇的な内容は掲句にはないが、「六月」が「あらく塩ふる」に呼応して、食べ物の句としてはこの上ない美味しい仕上がりになっている。食べ物俳句は読者の食欲を誘うよう、美味しそうに作るのがよいと秋櫻子は指導している。掲句では具体的な魚の名を出さず、鯛だろうか、梭子魚だろうかと読者に想像させる表現が絶妙である。逝去一ヵ月前の作であるが、大らかで明るく、死の影は微塵も感じられない。他にも、

六月や生簀も出来し磯料理
磯料理ふえて一浦なせりけり

と磯料理の句が並ぶようにして句集に収まるので、外出がままならなくなった身にみずから題詠を課し、詠んでいる可能性が高い。最後まで俳句に打ち込んだ秋櫻子だったが、昭和五十六年七月十七日、

死処は我家とひとり思へり鳥総松　『うたげ』

の望み通り、急性心不全のため自宅で逝去した。満八十八歳であった。

秋櫻子遺墨

書、画ともに秋櫻子・筆

苺図

金魚図

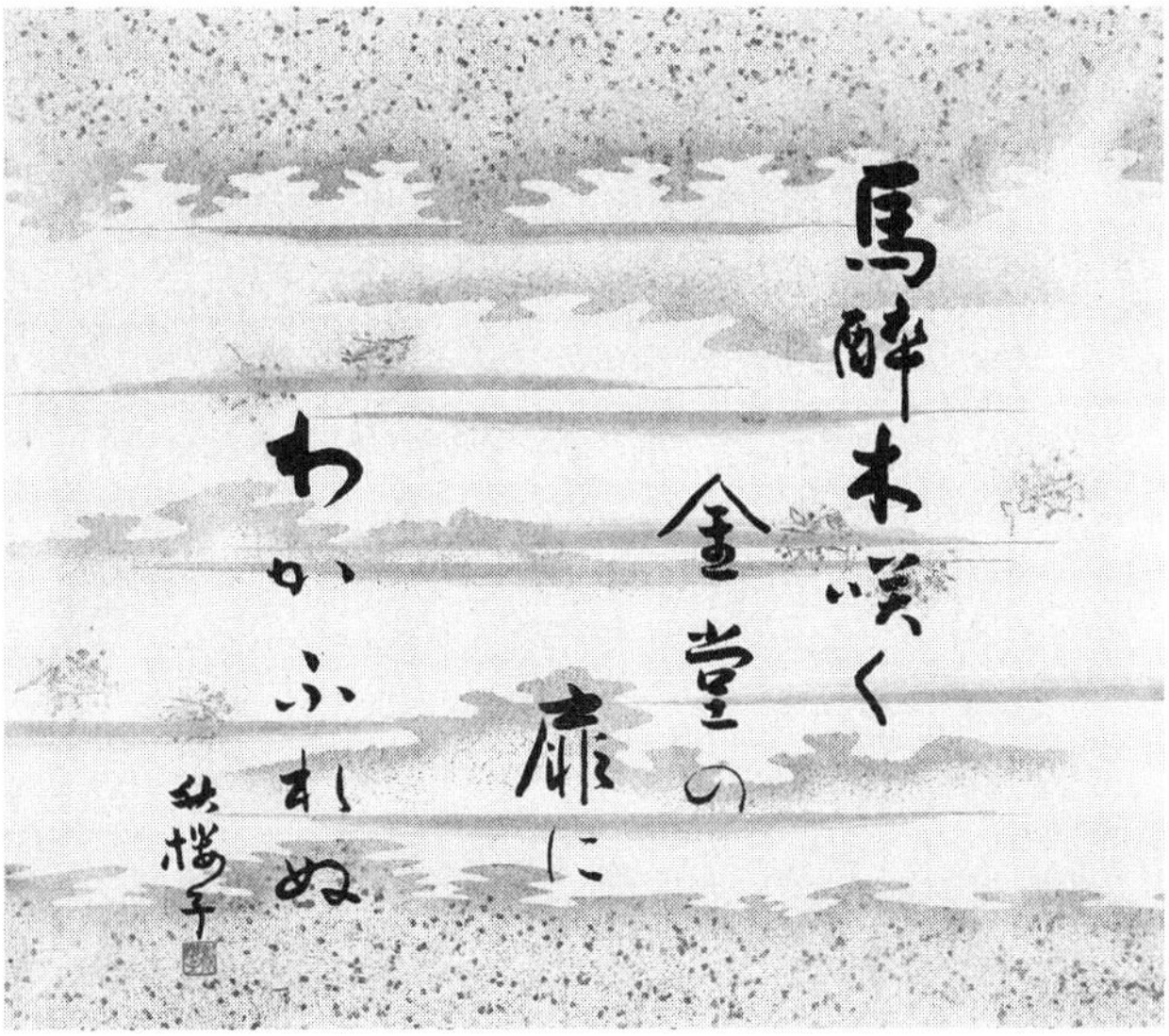
馬酔木咲く
金堂の
扉に
わかふれぬ
秋桜子
馬酔木咲く金堂の扉にわかふれぬ

初日さす松は
むさし野に
のこる松
初日さす松はむさし野にのこる松

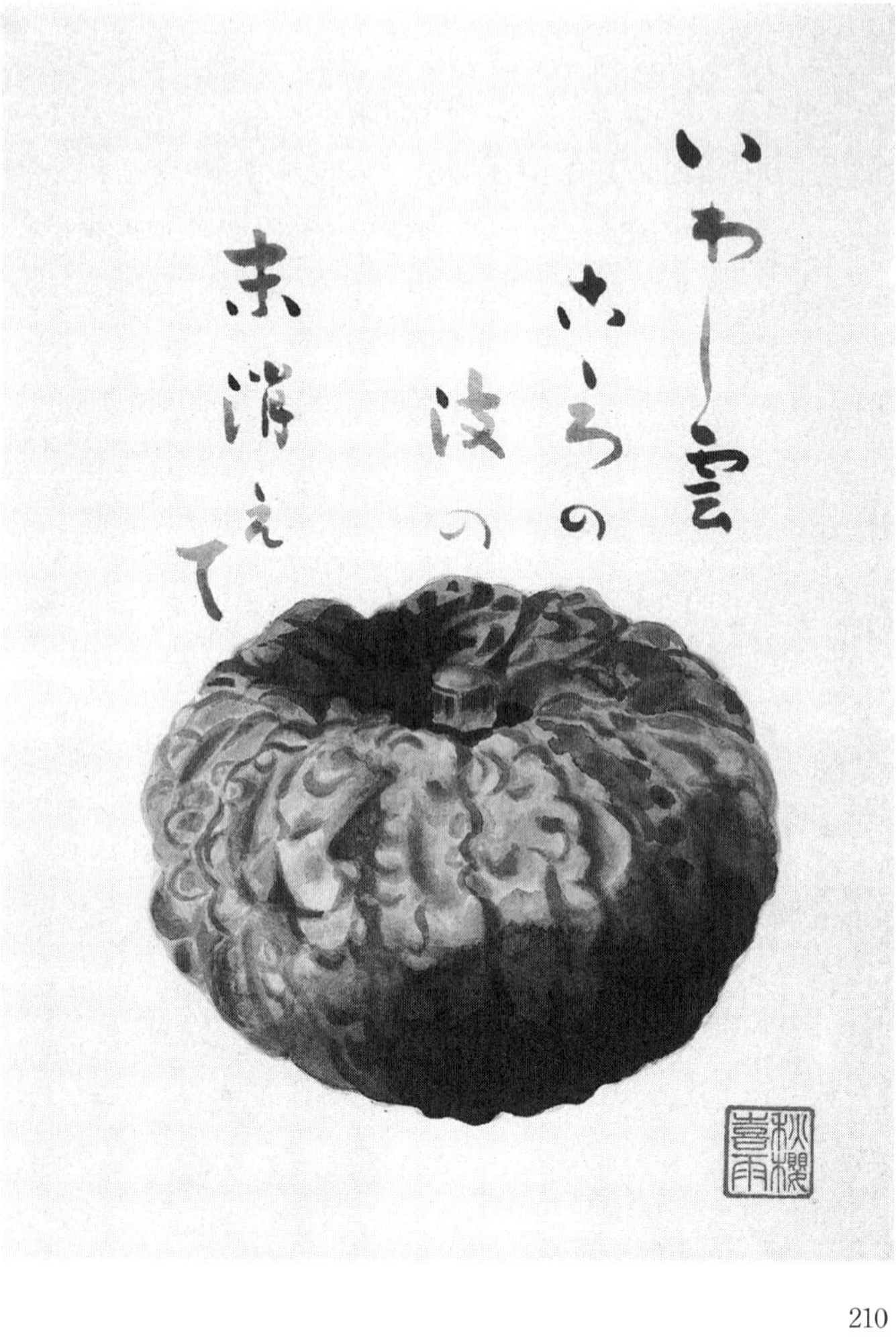

いわし雲こゝろの波の末消えて

唐招提寺仲秋讃佛會

今日の月待つたまきはるた雲ふつ
萩に置く紙
對の供へ華あかり
厨子をつもうつす月もちもこいつ
月いく夜照うせ
鑑眞和尚二厨子もう月も秀もり

秋櫻子

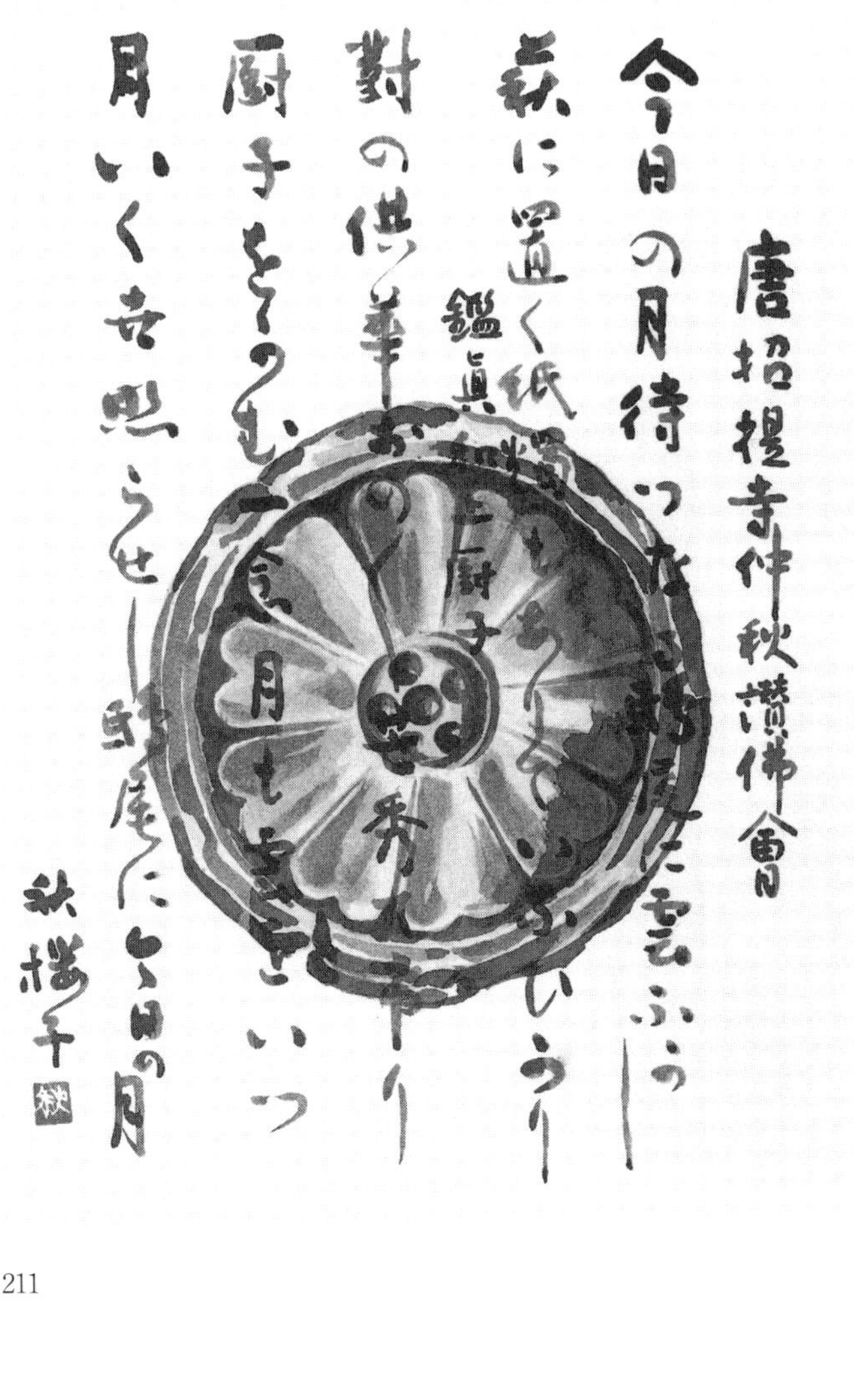

唐招提寺仲秋讃佛会

あとがき

　本書のような文を書くには机の前に坐り、まわりに資料を広げるのが一般的だろうと思う。もちろん、この本もそのような方法を基礎にしているが、作句の場所がわかる場合はそれに加え、当時の状況を調べ、その現場に立ち、今に立ち戻ることを繰り返した。北は北海道、西は長崎、南は鹿児島まで足を運んでいる。秋櫻子俳句の要になる奈良にはそれこそ季節ごとに通った。暇のある人のやること、気楽な旅と一部には思われていたようだが、苦労の連続であった。作句現場に立ち、今までの考えの方向と合わなかったり、採り上げるのを断念せざるを得なかった句もあった。また、忙しいなかを訪ねてたった一行にしかならないこともあった。

　だが、若いころに親しんだ考古学の書から現場主義の重要さを教わり、その態度を貫きたいと考えた。今の世はパソコンを開けば基本的な資料は探せ、写真も多く手に入るが、それは他人の眼を通して見た対象であって、自分の眼で見た実物とは違う。尋ねてみたものの文章や写真から受けた印象とはかけ離れていたことが実際に何度もあった。風景もまた変わってしまうのだ。そのたびに芭蕉の文「山崩れ、川流れて、道改まり」（壺の碑）

に対するドナルド・キーン氏の言葉「(そうであっても) 残るものは人間の言葉です」を確認する思いであった。人の言葉は山河よりも永遠性がある。どんなに日本の風景が壊れてもそれは変わらない、という事実を嚙みしめた。詠まれた景を自分の眼で見直すためにも長い時間が必要であった。

水原秋櫻子は昭和俳句・現代俳句を切り開いた俳人であるが、明治二十五年に生まれ、独協中学、第一高等学校と明治の教育を受け、社会にまだ色濃く残っていた江戸の良質の文化をうちに蓄えた人であった。秋櫻子の俳句を探るうえでその点はとても重要なことと理解している。明治の文化を理解したく、明治生まれの作家や画家の資料を現場へ行く車中で読み続けた。その間、個人的には父母の死があり、自分を取り巻く周辺の変化があり、何度か本書の執筆は中断した。しかし、亡くなった村井二郎さんから秋櫻子関係の書物が届けられたり、故林翔先生の秋櫻子関係の蔵書を譲っていただいたり、執筆が進まなくなるたびに勇気づけられることがあった。今思えば形見分けのように二郎さんは書を届けてくれた。初期の秋櫻子関連の資料が欲しいときには天より翔先生が届けてくれた。一人の力ではできない書き下ろしであった。水原春郎先生を始め、多くの方々に感謝して筆を置けたのはこのうえもない幸せであった。

平成二十六年三月　桜を待つ日々に

橋本　榮治

橋本 榮治（はしもと・えいじ）

昭和22年 神奈川県横浜生まれ。
51年 福永耕二指導の青年作家の会入会。
水原秋櫻子選の「馬醉木」に投句。
54年 山上樹実雄選「火音抄」の「火音抄」推薦。
59年 林翔選「あしかび抄」の第一回「蘆雁賞」受賞。
61年「馬醉木」新人賞受賞。
62年「馬醉木」同人。
平成08年『麦生』にて俳人協会新人賞受賞。
09年「馬醉木」編集長（19年まで）。
現在「枻」共同代表&発行編集人、「馬醉木」同人、
同人誌「件」発行編集人。
句集に『麦生』『逆旅』『放神』
セレクション俳人『橋本榮治集』
共著『現代俳句の新鋭』『林翔の100句を読む』

水原《みずはら》秋櫻子《しゅうおうし》の一〇〇句を読む

2014年7月20日 第1刷発行

著 者 橋本 榮治
発行者 飯塚 行男
編 集 星野慶子スタジオ
印刷・製本 理想社

株式会社 飯塚書店 〒112-0002 東京都文京区小石川5-16-4
TEL03-3815-3805 FAX03-3815-3810
http://izbooks.co.jp 郵便振替00130-6-13014

 ISBN978-4-7522-2072-5 Printed in Japan

●俳句と生涯、一〇〇句を読むシリーズ既刊書

山本健吉、秀野夫妻の一人娘が俳句史の空白を埋める！
石橋秀野の一〇〇句を読む
宇多喜代子 監修　山本安見子 著
1500円（税別）

生活詠の先駆者、自選一〇〇句を六人の弟子が解説。
林　翔　の一〇〇句を読む
市ヶ谷洋子 岡部名保子 風間圭
徳田千鶴子 野中亮介 橋本榮治 共著
1500円（税別）

新興俳句の旗手、鬼気迫る作家魂と少年のような好奇心。
山口誓子の一〇〇句を読む
八田木枯 監修　角谷昌子 著
1500円（税別）

人間探求派。『加藤楸邨全句集』に未収録の十七句も収録。
加藤楸邨の一〇〇句を読む
石　寒太　著
1600円（税別）